靈首村

千年雨 著

目錄

一・禍起／詭湖

了。

一開始，他就不該策劃這次的古道探勘行程，但如今後悔，也已經來不及

蕭世耘是歷史系學生，在學校擔任登山社社長，從小熱衷登山活動，攀登過的大小山岳不計其數，C級以上的高階縱走、橫斷路線幾乎走遍。

或許是藝高人膽大的緣故，比起熱門登山路線，他更偏好無明確路徑的古道、遺址探勘。

數月前，他去日本探望外祖父時，聽聞表哥說起，根據一些日治時期來台做研究的學者手札記載，在終年雲氣繚繞、霧雨蒼茫的中高海拔山區，隱藏一條荒廢百年以上、不爲人知的越嶺古道。

明朝末年，海禁漸弛，不少漢人渡海來台，可能爲了經濟上的通商需求，開闢了那條深入中央山脈的古道；後來清代頒行入山禁令，禁止漢人越界開墾、交易，古道就此荒廢。

到了清朝末年，實行開山撫番，又在該地區重新修築山道，從西部聯通花東地區；直到日治時期，另外一條更便於往來行走、開採運輸巨木的林道開通

之後，舊古道就徹底湮沒了。

這條古道從日治荒廢至今，尚未被登山客發掘，要是能找出舊有路徑，除了可以看到完整的清代營盤舊址，以及台灣原史時代遺留的舊社之外，還有古戰場遺跡——

據傳開山撫番的過程中，清兵和原住民曾鏖戰於此；而馬關條約簽訂後，日軍武裝入山鎮壓部落，因激烈抗爭造成的犧牲亦不在少數，也許先民當年的嘶吼吶喊聲，猶夾帶著不甘戰死的怨氣迴盪在山林間……

聽聞此事之後，他一直躍躍欲試，暑假一開始，便迫不及待地規劃了為期十天的探勘行程。

由於探勘行程和固有登山路線不同，既無GPX軌跡紀錄可供參考依循，且潛藏許多難以預測的突發狀況，為了不拖累其他人，蕭世耘原打算進行獨攀；不料其他社團成員知道他的計畫之後，都執意跟上，推拒不了。

他只好從踴躍報名的社員中篩選數名，組成五人探勘小隊，前往那杳無人跡的荒山地帶。

這四位成員都是曾經和他一起登山的夥伴，體能和經驗各方面素質相當，也都受過野外求生相關訓練，身手不差。

雖然探勘路線行走不易，很多地方連獸徑都看不到，只能在榛莽密林間勉強推進，但在五人小隊協力合作下，行程還算順利，只用了幾天的時間，就找到傳說中清朝設立的營盤遺跡，並在附近發現一座沒有標記於地圖上的大湖。

營盤遺址一帶的樹木長得格外巨大，樹圍都有六至十公尺左右，遺世獨立、遠離塵囂的深山湖泊即隱藏在參天老樹間，藤蘿掩映，顯得格外幽靜；水波不驚的碧綠湖面倒映著天光雲影，丰韻如畫。

眾人對眼前的湖光山色讚嘆不已，當天就在湖邊紮營。

或許，這也是一個錯誤的決定。

因爲從那時候開始，他們的登山行程怪事不斷，就像被詛咒了一樣。

◈

那天夜裡，一行五人早早就開伙做飯，吃過晚餐後，便各自回到單人帳篷睡覺。

猛烈的山風不時自林間奔騰呼嘯而過，古木颯颯喧聲，有如萬壑驚濤，擾得蕭世耘無法入眠。

輾轉反側間，忽然聽到帳外有人在說話，其聲清晰若在耳畔。

他立即睜開眼睛，此時帳篷裡黝黑一片；大概天候不佳，帳篷外似乎也沒有月光。

原以為是其他夥伴被風聲吵得睡不著，乾脆聊起來了。但當他豎起耳朵仔細聆聽談話內容時，卻發現自己竟一個字也聽不懂。

帳篷外的人，用一種對他來說極為陌生且怪異的語言在交談著，而他們的聲音也同樣陌生，迥然不像同伴中的任何一個人。

……是誰……在說話？

他越聽越覺得毛骨悚然。

這種連地圖都沒有標示、位處原始森林的深山湖泊，除了他和隊友之外，應該不會那麼巧，剛好有其他登山團到來吧？

就算真的是其他山友，一直清醒未眠的他，也沒有聽到任何腳步聲啊……

就在他驚疑不定，考慮要不要拉開帳篷查看時，忽有一陣大風，撲簌簌掠過旁邊的樹林，說話聲戛然而止，再無聲響。

他豎起耳朵凝神諦聽許久，確定帳篷外沒有其他動靜之後，才小心翼翼地爬起來，輕輕將帳門拉開一條小縫。

此時天似墨染，不見星月，帳外一片闃黑，只有帶著夜露的寒風涼颼颼地拂面而來。

打開手電筒一看，附近四頂帳篷帳門緊闔，並無異樣。

「誰還沒睡著？」

他把頭伸出帳外，試探地輕輕詢問，但無人回應，唯聞此起彼落的細細鼾聲，在夜風中與松濤共鳴。

隔天清晨，蕭世耘早早就爬出帳篷，點燃高山爐張羅早餐。

彼時濃霧未開、天色未明，隱身在巨木闇影中的墨色湖泊看似黑洞一般，彷彿通往冥界的詭祕入口。

等水燒開的那段時間，幾乎整夜不能成眠的蕭世耘怔怔地望著湖面出神，過了一會兒，揉了揉痠澀不已的眼睛，感覺十分疲憊。

登山最忌睡眠不足，容易因體力不濟、注意力不集中而肇生各種危險狀況，他知道自己最好趁時間還早去睡回籠覺，養足精神再上路，以策安全；但經過昨夜的怪聲驚擾，他感覺這湖邊似乎不太對勁，不如盡快離開。

等他煮好火腿麥片粥，其他隊友也起床了，一個個鑽出帳篷。

「耘哥，這麼早就起來啦！」

他的好友呂明徹率先向他打招呼。

「趕快吃一吃，吃完閃人了！」蕭世耘一邊喝著滾燙的麥片粥，一邊說。

「要走了？難得找到這麼漂亮的地方欸，不多留一天嗎？我們行程又不趕。」另一名隊友小周狀甚遺憾地說。

「今天已經是第六天，回程還要想辦法接上台東的林道，必須預留時間和體力。」蕭世耘說道，絕口不提昨夜聽到的陌生交談聲。

他暗中觀察其他人的神色，似乎沒有絲毫異樣，也許他們昨夜並未聽到那些怪聲，既然如此，他也不想主動提起，以免引起人心惶惶。

不過，雖然他十分肯定昨夜聽到的是陌生人的聲音，但他仍想再確認一下，於是裝作若無其事地問道：「對了，你們昨天都睡得好嗎？有沒有覺得風聲很大很吵啊？」

「不會啊，我一進帳篷沒多久就睡死了，昨天超累的！」呂明徹說。

其他兩名隊友也表示他們很快就睡熟了。

「難怪我昨天晚上睡前想找人聊天，叫你們都沒人理我。」蕭世耘說。

「白癡喔，整天走這種高強度的探勘路線，一下子攀岩、一下子垂降，累都累死了，睡覺還來不及，誰有力氣跟你聊天！」蹲在他身邊喝起麥片粥的呂明徹忍不住笑罵。

蕭世耘勉強苦笑了一下。

吃完早餐，開始收拾帳篷時，他忽然想起還沒看到另一位隊友。「阿傑呢？該不會還在睡吧？」

「我們說話這麼大聲還吵不醒他，也太好睡了！是昏迷了喔？我去叫他。」呂明徹說著，走向阿傑的帳篷，大聲喊道：「傑哥，起床啦！」便伸手將帳篷的拉鍊拉下。

帳門一開，呂明徹就愣住了，呆立原地，「不會吧……」

「怎麼了？」蹲身整理登山背包的蕭世耘狐疑地抬頭看他。

「阿傑……不在帳篷裡欸……」呂明徹驚訝地說。

帳篷裡的睡墊已經攤開鋪平，睡袋也是敞開的狀態，登山背包立在一旁，卻不見物主蹤影。

蕭世耘聞言，立即走過去查看，狹小的單人帳內果然空空如也。「這一大清早的，人跑去哪了？」

「會不會去尿尿大便？」呂明徹猜測道。

「那也太久了。我從離開帳篷到現在，快一個小時了，都沒有看到阿傑。」蕭世耘說道。沒有告訴其他人的部分是：整夜沒睡的他，由於害怕詭異的交談聲再度響起，一直下意識地留意帳篷外的動靜。如果阿傑眞的走去附近大小便，以他們兩人帳篷相近的距離，他應該可以聽到拉開帳門的動靜、腳步聲之類的；但事實上，他卻什麼都沒聽到。

「還是太早起了，自己去附近溜達溜達了？」呂明徹覺得或許有這個可能性，因爲如果他有那種體力的話，也會這樣做。

另外兩名在喝麥片粥的隊友也手捧鋼杯湊過來查看。

小周帳篷內外看了一會兒，微微皺眉。「不對吧！阿傑的鞋子還在。你們看，他的登山鞋在帳篷外，輕便拖鞋在背包那邊，他光著腳走出去？」

另一名隊友姜嘉俊也說：「而且外套也沒穿上，現在氣溫這麼低，怎麼會沒穿外套？」

眾人七嘴八舌地討論著，越討論蕭世耘的臉色就越差。

海拔三千公尺的高山夜間，即使是夏季，氣溫也不到十度，正常人不可能不穿外套鞋子在濃霧瀰漫的森林亂跑，那麼阿傑上哪去了？

無聲無息的，就這樣憑空消失了？但除非是被天狗抓走，否則一個活生生的人怎麼可能會憑空消失？

聯想起昨夜聽到的詭異對話聲，蕭世耘不禁渾身戰慄，如同浸在冰水一般。

「社長，現在怎麼辦？」小周神色緊張地問道。

眼前景象實在過於不尋常，眾人不由得都有些恐慌。

「我們先到附近找找，萬一眞找不到，我就用衛星電話求援。」蕭世耘力持鎮定地說。

不管怎樣，把人找回來是當務之急。

眾人將重裝備留在湖畔營地，只以輕裝簡行在周圍搜索。古木參天的冷杉森林林相十分茂密，即使日頭高高升起、濃霧散去，林間依舊陰暗森冷，寒氣逼人。

他們一邊搜尋，一邊吹響求生哨，冀望他們的隊友阿傑聽到能有所回應。然而他們找了幾個小時，連那座大湖都繞了一圈，完全一無所獲，連蛛絲馬跡都沒發現。

一夜未眠的疲勞累積，加上同伴失蹤的心理煎熬，讓蕭世耘幾乎支撐不住。

他沉重地嘆了一口氣，停下腳步，從背包裡拿出衛星電話。「沒辦法，光憑我們幾個，沒辦法在範圍這麼大的山區持續搜救，只能報警了。」

即使他們想靠自己的力量繼續搜索，目前所剩的糧食也十分有限，支撐不了多久，太過逞強的話，連他們都會陷入險境。

「蛤蛤？報警的話，我們會不會上電視啊？」累得氣喘吁吁的呂明徹說道。

「我已經可以想像得到大家會怎麼罵我們了。」小周也愁眉苦臉地說。

因為害怕被社會輿論批判浪費警消資源，他們從事登山活動時，向來最排斥向警消求援，往常就算不慎在山上受了傷，也總是盡量自己撐著下山就醫。

「不然還有更好的辦法嗎？」蕭世耘眉頭緊皺，心亂如麻。「阿傑不知道跑哪裡去了，也不知道現在是不是有生命危險。事到如今，不報警是不行了！」

他說著就要打開衛星電話，按了開關、拉出天線，卻發現螢幕一片漆黑。

「不會吧？」故障了？偏偏在這種時候……

蕭世耘難以置信地瞪著毫無反應的衛星電話，氣得想把它砸在地上。

「一台這麼貴的衛星電話，就這樣壞了？這是紙糊的嗎？幹！」呂明徹忍不住罵了一聲。

小周問蕭世耘：「會不會只是沒電了？這次帶上來根本就還沒用到衛星電話，怎麼會突然壞了？」

蕭世耘一臉沮喪地輕輕搖頭，「不可能，我昨天晚上有充電，而且昨天測試的時候，也還是好好的。」

「可能是這湖邊濕氣太重了，受潮故障了吧！」姜嘉俊無奈地說。「現在怎麼辦呢？」

呂明徹等人各自看著自己訊號全無的手機，一籌莫展。自從入山之後，不論是使用哪家門號的手機，全程都處於完全沒有收訊的狀態，連一絲絲飄忽的訊號都不曾出現過。

「我們下山求救吧！」蕭世耘說。「盡快接上台東端的林道，那裡應該會有訊號。要是幸運的話，說不定半路可以遇到有配備衛星電話的山友。」想在這種沒有ＧＰＸ軌跡紀錄的高山原始林區巧遇其他登山客，實際上是機會渺茫，蕭世耘也心知肚明，但在眼下這種境地，他總要給自己和隊友們燃起一線希望。

隊友們聽了他的話，果然稍稍受到鼓舞，覺得目前情況或許還不到絕望，但他們很快就想起另外一個問題。

「我們目前所在的位置，從離線地圖上完全找不到，你知道從這裡接上台東林道最快需要多久時間嗎？」呂明徹率先問道。

「我不確定，但如果方向正確，三天之內應該可以……」蕭世耘說。

「三天……」

聽到這個天數，眾人不禁心底發涼。

就算他們三天內順利發出求救訊號，等救難人員趕到失蹤地點又要三天，加上搜索的時間，下落不明、生死未卜的阿傑撐得了這麼久嗎？

大家心裡都這麼想，卻沒有人敢說出來。

這種時候，喪氣的話就別多說了吧！

蕭世耘從眾人的表情讀出他們的心思，便也不再耽擱，下令回營地收拾裝備，準備回程。

離開前，他想起阿傑或許有回到營地的可能，於是在筆記本寫下眾人先行撤離的緣由，並交代對方務必要鎮定地待在原地，等候救援。

寫完之後，將筆記本連同自己的緊急備用糧放置在阿傑的帳篷裡。

二・霧隱謎蹤

蕭世耘一行人背負著沉重的裝備，加緊腳步，自海拔三千公尺處一路下切至二千五百公尺，身旁的林相由原本的冷杉黑森林逐漸轉為鐵杉林。

雖然海拔降低，林間瀰漫的霧氣卻越發濃重，時方下午三點，卻已大霧彌天、不辨路徑。

為防止眾人在濃霧中走散、徒增危險，蕭世耘決定提早紮營休息，凌晨再繼續趕路。

大家蹲在一起吃簡易晚餐時，氣氛就如四周籠罩的寒霧一般凝重，誰也無心開口閒聊，連向來開朗健談的呂明徹都異常沉默。

草草吃完飯，便各自回帳篷。

蕭世耘雖十分掛慮阿傑的安危，但終究不敵體力透支的疲憊，很快就沉沉睡去。

入夜後，鐵杉林中風勢增強，聲若驚濤，卻也吵不醒酣睡的人們。

原以為一夜安穩無事，不料蕭世耘凌晨兩點起身整裝時，竟發現姜嘉俊也不見了，帳篷的狀況和阿傑消失當下一模一樣。

「人呢？真是見鬼了！」看著徒留登山裝備的單人帳篷，呂明徹一臉驚愣。「這他媽的到底什麼情況？爲什麼連嘉俊也……」

一旁的小周因莫名的恐懼而戰慄，聲音微微顫抖：「我們會不會也跟阿傑他們一樣，突然就消失了？」

沒有人能夠回答。他的話語隨風散落在夜霧中，爲其他人帶來一陣寒意。兩位隊友接連失蹤，身爲隊長的蕭世耘承受極大的精神壓力，瀕臨崩潰，但也只能勉強自己保持冷靜，聯合其餘兩人在附近拚命搜索。

從凌晨兩點多找到日正當中，結果仍是一無所獲。

三人頹然癱倒在草叢裡，累得彷彿連一根手指頭都動不了。

望著烈日下遼闊無垠的箭竹海，深切感受到人類在大自然之前的渺小和無助。

喘息了一會兒，呂明徹單手撐地，勉強坐起，徵詢蕭世耘：「繼續找嗎？」

「我水都喝完了，快渴死了！」小周抱著滴水不剩的水壺哀嘆道。「你們大概也都沒水了吧！繼續找的話，人還沒找到，我們可能就先遇難了。」

蕭世耘拿出自己的備用水壺遞給小周，裡面的水也所剩不多。「先下山求救，沿路尋找水源。」他下了這個沉痛的決定。

雖然不願意放生失蹤的隊友，但他知道再這樣耗下去，誰也無法得救；盡早設法求援，才有一線生機。

三人商量已定，立刻返回鐵杉林營地收拾裝備，從箭竹遍佈的稜線下切。

蕭世耘走在前方負責開路，小周居中，身材最高、體力最好的呂明徹一如往常殿後，三人彼此間隔數公尺，魚貫前進。

雖是相對平緩的寬稜，但沒有明顯路徑，僅能從茂密異常、高過人頭的箭竹林中硬切過去，腳下松蘿倒木四橫，十分艱辛難行。

走了一段時間，忽聞天際雷聲隱隱，原本豔陽高照的天氣陡然遽變，日光在風起雲湧間轉瞬黯淡，自地面冒起的白霧逐漸瀰漫四周，霑衣如雨。

蕭世耘心知即將下起雷陣雨，連忙加快腳步。好不容易切到一個植被較為稀疏的地方，他停下腳步喘氣歇息，同時卸下背包、穿上雨衣，等候走在後方的兩個人。

沒過多久，眼前的箭竹海一陣騷動，只見呂明徹從中鑽了出來。

「怎麼會是你先到？小周呢？」蕭世耘詫異地看著他。

按照三人行進的順序，排行第二的人應該是小周。

「小周？我一直以爲他走在我前面啊！啊人呢？」呂明徹四望不見小周人影，也是一臉驚訝。

「會不會是你走太快，不小心超車小周了？」

呂明徹斷然搖頭，「怎麼可能！這種密密麻麻的箭竹林，你超車給我看！而且我是一路跟著你留下的記號走過來的！」

負責在前方開路的蕭世耘，爲了替後方的隊友標示正確的路徑，防止走散，每隔一小段距離就會拗折身側的箭竹做記號，讓他們可以循線跟上。

「除了我標示的記號之外，還有看到什麼不尋常的東西嗎？」

呂明徹認眞的思索了起來，「好像……沒有吧？其實我也沒印象。我看天色越來越暗，快要下大雷雨了，心裡只想趕快走出箭竹海……」

蕭世耘不再多說，連忙扛起重裝備回頭找人。

他認爲小周必定是走錯路了，因霧氣太濃、能見度不佳而偏離路線；但他循著原路來回穿梭尋找，除了他和呂明徹踩踏出來的這條路徑之外，兩側箭竹叢並沒有其他鑽行痕跡。

「箭竹林密不透風，如果小周自己走到別的地方去，總要撥開這些長得像牆壁一樣的箭竹叢才走得過去吧，難道他用飛的，還是……」

呂明徹一語未完，轟然而下的暴雨掩沒了他的聲音。

◈

下午五點多，太陽落到遠山的另一側，陰影隨著蒼茫的霧氣逐漸爬滿整座山谷。

昏暗夜色中，兩條人影戴著頭燈在長滿高山鬼芒的陡坡上奔竄，步伐倉皇凌亂。

他們沿著破碎的陡稜下切，卻發現稜線末端已然崩毀，形成一片巨大而險峻的崩壁，無法繼續前進。

蕭世耘見到眼前的路況，如同洩氣的皮球一樣，癱坐在崩壁上緣的斜坡。

「為什麼又是大崩壁啊……」已經記不清這是第幾次下切遇阻，他乏力地閉上眼，欲哭無淚。

呂明徹雙掌用力抹了抹髒污的臉，稍稍拭掉臉頰那些芒草利葉切割出來的血痕，卻抹不去滿面的疲憊和無奈。「看來今天還是下不了山，先找地方紮營吧！」

數天前，他們在箭竹海搜尋失蹤的小周時，驟然下起傾盆大雨，二人只得暫時在附近的森林紮營避雨，隔日雨停後再找路下山。

好不容易下切到海拔二千公尺處，雖然手機依舊沒有訊號，但從離線地圖可以看到河谷對岸有一條舊林道，就是他們預計回程要接上的那條。

二人大喜過望，連忙順著稜線陡下。

然而即便方位正確無誤、有GPX路線可以依循，距離山下林道的直線距離也看似不遠了，卻怎麼下切都不對，不是切到大崩壁，就是切到無法橫渡的湍急溪流。

一再嘗試下切、一再退回原地，就這樣被困了四天。

想到失蹤的三名夥伴正等待救援，身爲隊長的蕭世耘心急如焚，卻又無計可施，只能發了瘋似的找尋下山的路。

「走吧！先找個安全的地點紮營！」呂明徹伸手將癱軟的蕭世耘硬拽起來。他的體力也將近透支，不過比飽受精神及肉體雙重折磨的蕭世耘略好一些。

由於附近都是陡坡地形，除了遍地芒草及低矮灌木，沒有任何遮蔽物，一時找不到合適的營地；直到月亮高高升起，才好不容易發現一片相對平坦的雜樹林。

「就這吧！今晚不冷，睡天幕就好，懶得搭帳篷了。」呂明徹說著，也不等對方回應，率先往前走。

當他靠近樹林邊緣時，注意力瞬間被樹枝上掛著的布條吸引。

那些布條看起來是白色，字體是黑色，白底黑字相當分明，在月光的照耀下，似乎看到上面寫著自己的名字——「呂明徹」三字。

他乍見之下驚駭異常，連忙快步上前。

仔細一看，卻是一些原本應該是彩色、而今已褪色泛白的舊布條，其上字跡漫漶難辨，可能是以前路過此地的登山團隊綁在樹上的。

那他剛才看到的是什麼？錯覺嗎？

呂明徹驚疑不定地轉頭看向默默跟在他身後的蕭世耘，只見對方的臉色極為難看，面如死灰，雙眼直直盯著樹枝上的布條。

「你也看到了？」呂明徹低聲問道。

蕭世耘點點頭。

「你看到什麼？」

「布條上……有我的名字。」蕭世耘說。

呂明徹倒抽一口氣，二話不說，攥著對方往另一個方向拔腿狂奔。

◈

如同驚弓之鳥的兩人，在驚悸恐懼中度過一夜，隔天依舊四處尋找下山的途徑。

誰也沒有提起昨夜在樹林見到的怪事。

雖然心裡非常疑懼不安，但再多的討論也無濟於事，如今他們面臨的是更現實、更殘酷的困境——缺水缺糧。

身上所有糧食都已經吃完，如果再找不到水源或下山的路，他們兩個就要等人來收屍了。

不過，若眞死在這種與世隔絕的山區，或許連救難隊都找不到他們的遺體吧！

「不知道小周他們三個現在在哪裡？有沒有生命危險？他們的糧食還夠支撐嗎？」蕭世耘停下腳步，望著山頂的方向，一臉泫然欲泣。

在荒山奔竄數日，他早已累得不成人形，但比起肉體的折磨，強烈的內疚感更令他痛苦——三名隊友下落不明，他身爲隊長，難辭其咎。

雖然那三名隊友是後來才加入社團，談不上有多深厚的交情，但他覺得於情於理，自己都有義務要把他們帶下山。

「先擔心我們自己啦！」呂明徹沒好氣地說。他在六小時前喝掉水壺裡的最後一滴水，現在口乾舌燥，嘴唇嚴重龜裂滲血，乾渴的喉嚨也如同烈焰焚燒一樣。

離線地圖路徑嚴重飄移，失去參照功能，他們已經無法分辨自己如今置身何處，只能漫無目的地四處亂走，冀望能發現水源。

頂著炎炎烈日，他們昏頭脹腦地走到懸崖邊。

此處地面向下凹陷兩公尺左右，形成一個極爲平整的長方形區塊，像個足球場那麼大，面積目測約有三、四千平方公尺，黃褐色礫石和雜草叢中裸露大量的灰白石板，長度一至兩公尺不等。

幾乎要被曬暈的兩人，感覺兩條腿好像已經不是自己的，踏著虛浮凌亂、不受控制的腳步漫行其間。

地面散落一些半腐的瀝青紙和破爛塑膠帆布，還有幾個沾滿泥土的汽水寶特瓶，顯然在很久以前，曾有人類在此活動。

他們滿懷期待地撿起那些寶特瓶，可惜裡面都是空的。

至此彷彿用盡了最後一絲氣力，兩人虛脫地癱倒在地，紫外線強烈的陽光直接照射在他們身上。

「我們這樣好像擺在路邊曝曬的蘿蔔乾。」仰面朝天、動彈不得的呂明徹突然有感而發。

蕭世耘聞言，不禁失笑。「還有心情說笑……眞服了你……」

「你還笑得出來，也很厲害啊……哈哈……哈哈……」呂明徹乾笑了幾聲，卻有種想哭的衝動。「沒想到，我們要交代在這裡了……你想……會不會有人幫我們收屍？」

「會吧……親人……總會……來找我們……」斜倚土堆癱坐在石板上的蕭世耘低垂著頭，說話聲音越來越低。

身下那塊半埋在土裡的石板很硬，讓他覺得很不舒服，但已經沒有力氣挪動了。

「看……那邊有一隻狼……正盯著我們。」呂明徹瞇起眼睛，看向不遠處的小山丘。

「別胡說了……這裡哪來的狼？」蕭世耘頭也不抬地說。

「我知道了……是胡狼吧。聽說胡狼專吃墓地的屍體，牠一定在等我們斷氣……」

「台灣沒有那種東西……」

「對了……不是胡狼……是卡斯比亞。地獄使者……來接我們了……」呂明徹右掌無力地蓋住自己的臉，聲息微弱。

「……你要說的是……阿努比斯吧……」

留下這些胡言亂語之後，兩人逐漸失去意識，陷入昏迷。

一桶冰涼徹骨的冷水猛然兜頭潑下，水中摻雜的碎冰塊無情地砸在呂明徹臉上，讓他當即痛得清醒過來。

受到同樣待遇的蕭世耘也被冰水潑醒，迷迷糊糊地睜開雙眼。

只見一個綁著馬尾的年輕女子正居高臨下地看著他們，微微撅起的嘴唇明顯透露出不高興的神情。

看到兩人眼睛張開之後，女子長長地吁了一口氣，「還好還沒死，你們兩個要是死在這裡，我們會很困擾的。」

「妳、妳是……」蕭世耘想問對方是誰，卻發現自己的喉嚨因長時間乾渴，粗嘎得發不出聲音。

女子丟給他一瓶礦泉水，也丟了一瓶給呂明徹，「喝水！你們中暑了。」

蕭呂二人立刻灌完手中的礦泉水，如同久旱逢甘霖一般，雖然身體依舊乏力，但感覺舒暢多了。

「看你們的樣子，是迷路的登山客吧？你們要好好感謝塔塔，如果不是牠跑回村子裡通知我，你們兩個就死定了！」女子一邊撫摸坐在她身旁的狗，一邊說道。

那是一隻體型格外巨大的德國狼犬，坐著還有半個人那麼高，狗頭比人頭還大。

呂明徹看著那隻大狗，心裡恍然大悟：他昏迷前看到站在附近小山坡上的，原來就是牠，他還以爲是一隻狼呢！

「這裡有村子？」蕭世耘十分驚訝，沒想到這種荒山窮谷、無人之境竟然會有村落！

既然有村子，就可以向外界求救了！他心中瞬間燃起希望，精神大振。

正想向女子求助，只見對方彎身撿起倒在地上的兩個水桶，以不容反駁的語氣對他們說：「這裡有夠熱，我都快熱死了，你們兩個跟我來！」說完逕自轉身就走。

名爲「塔塔」的德國狼犬亦步亦趨地跟隨在她身側。

蕭呂二人見狀，顧不得身體疲弱，連忙拖著自己的背包，拚命追上。

三・靈首／神祠

蕭世耘一邊走，一邊打量前方的女子。

她外表年紀很輕，也許還比他們小一些，大概二十歲左右吧？一頭紮成馬尾的長髮在烈日下呈現棕褐的色澤，身高約一百六十公分以上，體型偏瘦，身上那件白色連身裙因此顯得寬鬆，及膝的裙擺隨著她的步伐在山風中翩然飄逸。

腳下穿著一雙造型簡單的細帶平底涼鞋，行走在崎嶇的山徑卻如履平地，腳步輕靈如同一隻鳥。

照理說，以她敏捷的腳程應該可以走得飛快，但也許是爲了等候他們兩個，刻意放慢了速度。

跟在她後面走了十來分鐘，眼前出現兩座矗然聳立的巨大板岩石柱，高約四、五公尺，柱身石紋類似圖騰。

兩座巨石間夾著一條石板路，看來就是她所說的村子入口了。

面寬約三公尺的石板路兩旁，稀疏散落幾幢古老的木造矮屋，陳舊的木板門窗皆敞開著，內部卻十分昏暗，偶有幾束斜陽透入，光影中映照出緩緩飄盪的浮塵。

「這種地方……眞的有人住嗎？」呂明徹忍不住對著蕭世耘嘀嘀咕咕。

「一個人都沒有欸……」

聽到他帶著疑慮的低語，女子頭也不回地說道：「這個時間大家都在睡午覺。」過了一會兒，才又說：「雖然也沒剩下多少人就是了。」

她告訴他們，這個村子是個高山部落，名叫「靈首村」。

由於位在高海拔地區，地形陡峭、自然環境不佳，加上交通極爲不便，謀生困難，原本人口就不多，後來年輕一代紛紛外移，如今村裡只剩一些老弱的村民，大約十餘人。

「妳就住在這個村子？」呂明徹好奇地問。

「當然。」

「爲什麼不搬到別的地方？」他覺得一個高中、大學年紀的妙齡女子住在這種幾近廢棄的村落，怎麼看都有點奇怪。「妳不是說年輕人都搬走了嗎？」

「我不能走。」

「爲什麼？」呂明徹更好奇了。

「跟你們沒關係。」女子淡漠地說，結束這個話題。

瘦長如山脊的石板路筆直地穿過部落中心，連接到村子北邊的小山丘底下，山腳處立著一座原木鳥居，鳥居後方有一條長滿青苔的石階，往山丘上延伸。

「還要繼續走啊？」雖然山丘狀似不高，但修築簡陋的石梯坡度非常陡峭，每一階的面積又十分窄小，原本就體力不濟的呂明徹看了不禁腿軟。

「快到了。」女子說道，領著她的狗率先踏上石階。「這裡很少人來，青苔很滑。」

兩側高大杉木的陰影覆蓋在時有山泉水滲出的石階上，適得其所的苔蘚和地衣厚實的長滿一地，呈現出濃綠的色澤。

他們的登山鞋雖然有防滑功能，走在傾斜角大於四十五度的狹窄石階上還是戰戰兢兢，深恐一腳踏空，就要登出人生online了。

蕭世耘此時不禁慶幸自己的水和食物都吃光了，背包裡剩下的東西不多，否則他真沒自信能扛著重裝備爬這種階梯。

走到半山腰處，左側斜坡的花楸樹下有一棟高架式的小木屋，地板下方以木柱撐起，離地約莫一公尺，門口有幾層板岩石階，建築外觀看起來相當老舊。

女子脫掉腳上的涼鞋，帶領他們走進那敞開的大門，大狼犬則逕自在門前石階躺下。

裡面是一個狀似客廳的空間，正中央擺放方形木桌，四面各有一張圓凳，牆角立著一個五斗櫃，除此之外，沒有其他的家具。

「這是我家。看你們狼狽的樣子，大概已經餓了很久。不過我沒什麼東西可以招待你們，隨便吃個泡麵吧！」

女子說著，不等他們兩人應答，就跑進客廳後面的房間，過了一會兒，左手提著一大袋泡麵，右手提著熱水瓶走出來。

她把這些東西放在木桌上，對他們說：「你們自便，泡麵我倒是很多，盡量吃。」接著走到外面餵狗。

蕭呂二人覺得有點不好意思，本想客套推辭一番，但從昨天至今都沒有進食，此時肚子確實餓得受不了，只得道了聲謝，開始動手泡泡麵。

「請問一下，妳這裡有電話嗎？」蕭世耘問那名女子。

「要電話幹嘛？」

「我們有三名同伴在山上失蹤了，想請妳幫忙報警求救。」

女子聞言，露出驚訝的表情，既而很快地搖搖頭。「我們村子太偏僻了，這裡沒有電話，也沒有網路，近幾年開始有電能用，就已經很好了。」

蕭世耘期望落空，和呂明徹相視一眼，兩人心裡都很難過。

原以爲這個山地聚落雖然偏遠，但既然有人居住，至少可以對外聯繫。

女子接著說道：「下面的部落倒是有一個警察駐在所，那裡有電話可以跟平地聯絡，但離這裡很遠，走路過去至少要五個小時。」

「妳能帶我們去嗎？」蕭世耘聽聞此言，心中又重新燃起希望，殷切地看著女子。「或者請告訴我們那個部落怎麼走。」

女子再次搖頭，出人意表地說：「就算報警也沒用，如果你們的同伴是在這座山上失蹤，那一定回不來了。」

「爲什麼？」蕭呂二人大驚失色，連忙追問。

「從很久很久以前到現在，凡是在山上失蹤的人，從來沒有被找回來過，村子裡的老人都說，那些人是被鬼抓走了。」女子背對著他們，坐在台階上撫摩大狼犬的頭，說話語氣輕描淡寫，好像在談論天氣一般。

「……鬼？」蕭世耘聞言一愣。雖然三名夥伴離奇失蹤的經過確實詭異，但女子的說法讓他很難接受。

他看了看呂明徹，對方臉上的表情同樣驚愕。

「山裡都有鬼魅棲息，特別是像這種人煙稀少的大山。」她停頓了一會兒，轉過頭來，神情嚴肅地對著他們說：「雖然很遺憾，但還是必須勸你們放棄，因爲不管動員多少人，再怎麼努力搜救，都是白費力氣而已。」

「不……他們是我的同伴，怎麼可能就這樣見死不救！」蕭世耘覺得對方的說法實在太荒謬，完完全全聽不進去。「如果妳不能帶我去下面的部落求救，就請告訴我們路要怎麼走，我們自己去！」

女子上下打量他們兩人，唇角微勾，露出譏諷的笑意，「確定你們行嗎？我可要提醒你們，好運不會有第二次。通往下部落的路不但會經過崩壁，還要橫渡溪谷，路況很差，萬一你們再次倒下，可沒有人能救你們了！即使這樣，也沒關係嗎？」

她嘲諷的語氣讓蕭呂二人心裡很不舒服，卻深知對方說的是事實，無法反駁——以他們目前的身體狀況，確實沒有能力繼續行走五個小時的山路，何況他們對路況完全不熟。

然而人命關天，哪能說放棄就放棄？

「沒關係，不管怎樣，我們一定要想辦法把他們三個找回來！」蕭世耘堅定地說。

呂明徹連忙附和：「對啊！我們是五個人一起來的，結果只有我們兩個平安回去，要怎麼跟那些同伴的親戚朋友交代？而且放生隊友也太沒義氣，會良心不安一輩子的！」

「你們的想法，我不是不能理解，只是想到勞師動眾的搜山之後，結果還是一場空，實在是多此一舉。」女子輕嘆一口氣。

呂明徹聽了這些大觸霉頭的話，心頭火起，氣忿地說：「妳這女人怎麼這樣說話！還沒開始找就在唱衰，妳怎麼就知道一定找不到？不幫忙就算了，風涼話一堆，妳他媽……」

「阿徹！」蕭世耘認為呂明徹的態度對救命恩人來說，未免太過失禮，連忙出聲制止他。

對方的話雖然極不中聽，但也不能這樣惡言相向。

呂明徹想起自己現在吃的是對方的泡麵、喝的是人家的水，這才不甘心地把發洩一半的怒火嚥回，低頭默默吃麵。

「對不起，我朋友心裡著急，說話冒犯了，我代替他向妳道歉。」蕭世耘歉然說道。「拜託妳告訴我們去山下部落的路，無論我們是否能順利到達、無論生死，都是我們自己的選擇，沒有人會怪妳的。」

對於呂明徹的出言不遜，女子並不以爲忤，只是微微偏頭望著他們，若有所思的樣子。

「拜託了！」蕭世耘再次誠摯的懇求。

沉吟許久，女子從石階上站起身，「這樣吧，我去問問我奶奶，再決定要不要帶你們去下部落求救。」

她說著，重新穿上涼鞋，朝斜坡的石梯走上去，身後跟著她的大狼狗。

蕭呂二人見狀，連忙丟下吃了一半的第四碗泡麵，匆匆跟了上去。

◈

陡峭而狹窄的石梯筆直向上延伸至山頂，在接近階梯終點前十公尺處，左右各矗立一座嶙峋的板岩石柱，形狀和村子口那兩座很像，只是略微矮小一點，高度約三、四公尺，看起來類似牌坊或鳥居，但中間沒有橫樑。

山丘頂部是一片遼闊的平地，長滿高山鬼芒的地面上也立著十數座板岩石柱，高矮不等。

在這些石柱中央，有一座規模甚小的神社，地板、樑柱、屋頂皆爲木造，格子門窗緊閉，外觀看起來歷史悠久，甚至有些腐朽的痕跡。

神社左側坐落一棟較新的小木屋，外圍的緣廊上，一位異常蒼老的老婆婆閉目趺坐。

年輕女子快步穿過茂盛的芒草叢，朝對方走去。

她對老婆婆說了一連串的話，語速甚快，蕭呂二人完全聽不懂。

站在較遠處的呂明徹滿頭霧水地看向蕭世耘，「這是在講什麼？」

「大概是某種原住民語。」蕭世耘低聲說道。

呂明徹面露驚訝，「那個女生是原住民嗎？完全看不出來啊！」

蕭世耘沒有回答，心中不禁聯想起阿傑失蹤前的深夜，帳篷外響起的陌生話語聲，會不會就是這種語言呢？

身穿原民傳統服裝、粗估年紀應在百歲以上的老婆婆皺紋滿面，額頭及兩頰有大範圍刺墨，一把灰白長髮結成長辮盤頂，頭戴羽冠，肩上綴有琉璃串珠和彩羽為飾，胸前配戴以古玉和貝片綴成的項鍊，裝扮頗像電視節目中介紹的部落祭司或巫師之流，然而搭配附近的神社建築，有種異樣的違和感。

她的雙眼仍然緊閉，乾癟的嘴唇略動了動，似乎在對年輕女子說些什麼，後者彎身側耳作傾聽狀，但蕭呂二人並沒有聽到任何聲音。

過了片刻，年輕女子嘴唇嘸了起來，緊接著又說了一大串的話，貌似在爭論的樣子。

老婆婆不再開口說話，只是擺了擺手。

年輕女子露出不樂意的神色，眉頭微皺，但還是恭敬地對老婆婆點點頭，然後轉身下山。

回到半山腰的小木屋之後，她才有點不甘願地對蕭呂二人說：「我奶奶要我幫你們報警。」

「真的嗎？太好了！妳願意帶我們去山下的村落嗎？」蕭世耘喜出望外。

女子搖搖頭，「這樣太慢了，走到那裡都半夜了。」

她從老舊的五斗櫃拿出紙筆，以飛快的速度寫成一封信，再將信件塞進狼犬項圈上小布包中。

「塔塔，幫我送信給下部落的警察先生，拿到回信再回來。」她拍了拍那條體型比她還大的狼犬。

狼犬立即銜命而去，巨大的身影很快就消失在下山的階梯上。

蕭呂兩人看得目瞪口呆，簡直不敢相信。

「這狗眞的會送信？」呂明徹半信半疑地說。

「當然。塔塔不但會送信，還會去下部落買東西。牠可以走我們人類無法通行的路徑，速度快很多。」

「實在太厲害了！」呂明徹心裡既佩服又羨慕，忍不住說道：「我也想養這麼一隻又帥又聰明的狗，登山的時候就可以帶著牠。」

「好了，我已經如你們所願，幫你們報警了，現在我要去煮晚飯，你們就在這裡等候回音吧！塔塔兩個小時內就會回來。」女子說著，轉身往屋內走。

「請等一下。」蕭世耘連忙叫住她。

「還有什麼事？」女子微微皺了皺眉頭。

今天為了他們兩人的事，已經耽擱不少時間，她不禁有些不耐煩。

「還沒有正式向妳道謝——眞的非常感謝妳救了……」

女子擺擺手，打斷蕭世耘的話。「不用向我道謝，我說過了，你們該感謝的對象是塔塔，因為牠希望我救你們，我才會這樣做。」

「呃？」

蕭呂二人愣住了，雖然每一個字眼、每一個句子都聽懂了，卻不是很明白對方在說些什麼。

「可、可是，救了我們兩個的是妳……」蕭世耘說道。

「那是因為塔塔想救你們，才會在發現你們的時候，跑回來通知我。如果塔塔不想救你們，就算你們曬成人乾、變成白骨，都不會有人發現你們死在那個墳場。」

「妳的意思是說，那隻狗可以自己決定拯救的對象？」呂明徹問道。

女子點點頭。「簡單的說，就是塔塔想救人，而我幫了塔塔，所以你們也用不著感謝我，就這樣。」

晚餐時間，女子用臘肉和附近山地採來的野菜煮了一大鍋湯麵。

下午泡麵沒吃飽的呂明徹餓得飢腸轆轆，趕忙吃了一口，五官立即猙獰地皺成一團。

「噁……有夠難吃的……」他勉強把麵條嚥下去後，忍不住抱怨。「怎麼可以難吃成這樣……」

「噓……」蕭世耘瞄了一眼還在廚房忙碌的身影，低聲說道：「我們是落難的人，不要挑三揀四，有東西可以吃就要謝天謝地了。」

「話是這麼說沒錯……可是這種可怕的味道……簡直比狗屎還難吃，不信你吃吃看！」呂明徹壓低聲線地說。

蕭世耘嚐了一口，也忍不住皺緊眉頭，但嘴上仍然說道：「還、還可以。人家辛辛苦苦煮給你吃，你還批評得這麼難聽，小心遭天譴。吃吧吃吧！」

「我……」呂明徹張大眼睛，瞪視前方那一大碗散發異味的湯麵。許久之後，大概知道自己也沒得選，只好嘆口氣，捏著鼻子繼續吃。「如果不是那個女生看起來還像個好人，我真的會懷疑她是故意煮這種東西惡整我們。」

正說著，那隻大狼犬忽然出現在屋前台階上，發出一聲輕吠，似乎在告訴主人：「牠回來了」。

女子連忙從廚房走出來。

「塔塔辛苦了。」她摸了摸狗頭，給牠幾條肉乾當獎勵，隨即從項圈的小布包拿出一封便箋，打開觀看。

「警察怎麼說？」蕭世耘關切地問。

「他說已經通報相關單位，救難人員很快就會集結出動。」

「太好了！」

為此懸心許久的兩人總算鬆了一口氣。不管怎麼說，投入搜救的人越多，成功尋獲的機會也就越大。

「不過，警消人員從平地趕到這裡，最快也要三天，你們有什麼打算？要先下山回家嗎？」

蕭世耘搖搖頭，「我們要加入搜救隊。」

呂明徹也說：「沒錯，在找到人之前，我們決不下山。」

「隨便你們。我同意讓你們住在這裡，我家沒有其他人，你們可以在客廳打地鋪，條件是要幫我打掃房子和整理神社，就從明天開始。」女子逕自下了這個決定。

四・夜半疑影

當天晚上，蕭呂二人在客廳的木頭地板上打地鋪。

從出發第一天算起，他們在山上已經待了十多天，這是他們第一次得以舒舒服服地洗個澡，然後安穩躺在睡袋裡。

聞著屋外正盛開細碎白花的花楸香氣，兩人很快就進入夢鄉。

睡到半夜，蕭世耘忽然自深沉的睡眠中清醒，似乎受到什麼不尋常的聲響驚擾。

原以爲是被呂明徹雷鳴般的打呼聲吵醒，仔細一聽，才發現那令他感到不安的聲音來自下方地面——

睡在架高地板下空間的狼犬正發出狺狺低吼，音量不大，但充滿警戒之意，彷彿在對什麼目標發出強烈警告。

屋外有人嗎？還是有獸類接近呢？

蕭世耘好奇地爬起來，輕輕掀開格子窗後方的木頭遮雨板，向窗外窺視。

外頭月明如晝，銀白月光照耀得山徑通明，他清楚看到石階上有幾十個人，正魚貫地朝山頂的方向前進。

由於角度的關係，從他所在的位置看不到那些人的臉，只能看到他們身上穿的都是類似白色和服的衣物。

當中數人合力扛著一個長方形的大箱子，步伐緩慢，看起來甚是沉重。其餘的人則高舉旗幟或竹竿之類的東西。

奇怪的是，雖然同時這麼多人走在石階上，卻沒有發出半點聲響，耳邊只聽到風吹花楸樹葉的沙沙聲，以及發自狼犬喉間的低吼聲。

等到長長的隊伍人龍全數通過之後，地板下的狼犬也就安靜了。

蕭世耘見房屋四周沒有什麼異樣，便將遮雨板重新放下來，緩緩爬回自己的睡袋。

是村子裡的人吧？看他們行進的方向，顯然是要去山上的神社；今天要舉辦什麼祭典活動嗎？他不禁在心裡暗自猜測。

在他即將朦朧睡去之際，忽然意識到一件事——

剛才看到走在石階上的人數，至少有五十個以上，這個將近廢棄的村子還有這麼多居民嗎？他記得女子白天時對他們說過，村裡只剩十來個年邁的老人呀！

那些人是哪裡來的？

隔天早上，吃完女子親手做的肉鬆飯糰之後，蕭呂二人就被叫去山頂除草。

女子說，神社附近的高山鬼芒實在太礙眼，長得又高又茂密，常有蟲蛇隱匿其中，她早就想進行大規模的清除，只是她一個人除草的效率實在比不上芒草的生長速度。

「那就麻煩你們了！」女子遞給他們一人一把彎彎的鐮刀。「割完草之後，中午我煮一頓豐盛的大餐請你們吃。」

「呃……我可以吃早上那種飯糰嗎？」呂明徹問道。

「你那麼喜歡肉鬆飯糰？」

「跟昨天晚上的湯麵比起來……」

呂明徹話還沒說完，蕭世耘悄悄踢了他的腳跟一下，示意對方閉嘴。

「吃什麼都好，妳方便就可以了，感謝！」爲了防止呂明徹又說出什麼不該說的話，他很快地轉移話題：「對了，我叫蕭世耘，他是呂明徹，還沒請問妳的名字。」

「衛綾月。護衛的衛，綾羅綢緞的綾，月亮的月。」女子仔細地介紹自己的名字。

「衛綾月，不太像原住民的姓名啊。」呂明徹忍不住說道：「我還以爲妳會叫做阿布斯、巴奈之類的。」

「誰跟你說我是原住民？」

「欸？可是我昨天聽到妳跟妳奶奶說話，說的不就是原住民語嗎？」

「是不是都不重要，現在最重要的是除草，開工吧！」她懶得和呂明徹多說，從背包拿出麻布手套遞給他們，自己也套上一雙。

三人蹲在太陽底下，手持鐮刀，以神社爲中心，開始割除四周的雜草。

衛綾月的祖母依舊在自己的小屋緣廊閉目趺坐，似乎對周遭的動靜無動於衷。

蕭世耘看到狼犬塔塔躺在神社的石階旁睡覺，忽然想起昨天半夜看到的上山隊伍。

「昨天晚上，村子有什麼活動嗎？」他轉向衛綾月問道。

「沒有。這裡的村民太陽下山後就關門睡覺了，而且都是行動不便的老人家，能有什麼活動？」

蕭世耘聞言，不禁愣住了。

都是行動不便的老人家？可是昨晚那些從石階走向山頂的大批人馬，怎麼看也不像行動不便的樣子。難道是外地來的嗎？特地扛著那個看似沉重的大箱子上來這裡，又有什麼用途？

衛綾月見他問得奇怪，心知必有蹊蹺，於是追問道：「爲什麼突然這樣問？昨天晚上，你看到什麼了嗎？」

蕭世耘遂將昨天半夜的見聞告訴她。

衛綾月聽完之後，原本就十分白皙的臉變得更加慘白。一旁的呂明徹聽了這件事，也非常驚訝。

「我看那些隊伍成員的樣子，不像妳說的村中老人，會不會是從下部落來的？」蕭世耘問道。

「下部落的人半夜跑來這裡幹嘛？大老遠的，又不是吃飽太閒，還扛著那麼重的東西。」呂明徹無法想像會有人那麼無聊，深夜不睡覺，頂著低溫寒風跑到這種跟廢墟相去不遠的破爛小神社。「而且我昨天就睡在你旁邊，卻完全不知道這件事，該不會是你做夢吧？」

蕭世耘搖搖頭，堅決否認：「我還沒糊塗到夢境跟現實分不清楚，千眞萬確不是夢。塔塔也看到了，還發出警告的聲音。」

睡在神祠廊下陰影處的狼犬聽到有人提到牠的名字，抬頭朝他們的方向看了一眼，慵懶地打了個哈欠，然後又趴下繼續睡。

「你看，連狗都懶得理你。」呂明徹嘲笑道。

「我是說眞的……」蕭世耘轉向衛綾月追問：「妳知道那些人是誰嗎？或者妳奶奶有可能會知道……」

那位年逾百歲的老婆婆晚上就睡在神社旁的小屋，說不定她也看到上山的隊伍了。倘若不是語言不通，他還眞想直接走過去問她。

「你不用管那麼多。事不關己，當作沒看到就好了。」衛綾月明顯不想談論這個問題，轉身繼續奮力割草。

◈

雖然因爲幫忙除草而在太陽底下勞動了一整天，躺在一旁的呂明徹早因肢體疲憊而睡到昏死過去，蕭世耘卻睡意全無。

今天晚上，那支上山的隊伍會再度出現嗎？如果出現了，他該怎麼做？

他躺在攤開的睡袋上，翻來覆去，心裡一直掛念著這件事。

瞧衛綾月的態度，似乎知道些什麼，卻刻意閉口不談，莫非是有什麼不能讓外地人知曉的祕密？

應該要像她說的那樣，當作沒看到就好？要是他執意追根究底，萬一被那些人發現了，會有怎樣的下場呢？

被憤怒的村民們轟出村子？這樣一來，可就麻煩了。他之所以留在靈首村的目的，無非是為了等待山下的救難隊來此會合、一起進行搜救行動，或許不要在這時候節外生枝比較好？

那些夜半上山的人在做什麼，橫豎與他無關；可是他真的好想知道……

正輾轉反側，地板下的狼犬塔塔又發出帶有威脅意味的低沉吼聲。

蕭世耘登時像觸電一般，立刻彈了起來，爬到格子窗下面窺視。

晚間曾下過一場大雨，後來霧散雲開，如今又是皓月當空，他可以清楚看到行走在石階上的那大隊人馬，隊形排列、人員配置都和昨夜一模一樣，井然有序。

等到整個隊伍通過，蕭世耘忽然心念一動，回身抓起自己的手機，開門跑了出去。

他穿好鞋子走上石梯，悄悄跟在隊伍後方，謹慎小心地保持可以遠遠看到隊伍、卻又不會被對方察覺的安全距離。

那些人踩著緩慢的步伐，持續往神社的方向前進。他們身上白色的衣物在月光下顯得格外鮮明，多人手持的旗幡則有黑有白，上有字跡。

趁著月色明亮，蕭世耘拿出手機朝著前方的隊伍拍照，打算作爲證據拿給嘲笑他做夢的呂明徹看。

連拍數張之後，忽然從鏡頭中看到極不尋常的畫面——

隊伍前頭的人，在穿過接近石階終點處的兩根石柱之間時，兀自憑空消失了！

彷彿兩根石柱中間有一座看不見的門，魚貫而入的隊伍就被門後的異度空間漸次吞噬，隱匿無蹤。

「啊……」

由於石柱所在之處的地形特別傾斜陡峭，蕭世耘從下方往上看得分外清楚，登時嚇得目瞪口呆，不自覺張大嘴巴發出驚呼。

走在隊伍最後方、手持黑色長幡的兩人似乎聽到他發出的聲響，停住腳步，以慢動作似的速度緩緩回過頭。

冷不防有人從身後一把握住他的嘴巴，使勁將他拖進石梯左側的樹叢裡。

蕭世耘此時腦袋一片空白，不知過了多久，那股用力壓制他的力道才放鬆，他被牢牢握住的嘴巴也重獲自由。

還來不及開口說話，身後的人先劈頭罵道：「笨蛋！你在幹嘛？不是叫你當作沒看到嗎？想死是吧？」

是衛綾月？蕭世耘驚愕地轉頭一看，只見對方正一臉憤怒地瞪視著他，身邊跟著她的巨犬。

「妳、妳……那……那……那那……」他顫抖不已的手指著山上神社的方向，想問她是否也有看到剛才的駭人景象，卻因驚嚇過度，一時說不出話來。

「那你個頭啊！這裡危險，先跟我回去！」衛綾月說著，轉身就走。

回到山腰處的小木屋之後，餘怒未消的衛綾月又狠狠地把蕭世耘臭罵一頓，連熟睡的呂明徹都被嚇醒了。

「怎、怎麼了？」呂明徹從地上坐起來，抱著自己的睡袋，一臉茫然地看著他們兩個。

「是不是你這小子不老實，趁著深夜做了什麼不該做的事，惹毛人家了？」他和蕭世耘相識多年，深知對方是個秉性正直溫厚的人，但看到衛綾月氣急敗壞、一副想揍人的模樣，他實在想不出其他可能的原因，所以故意開玩笑地說。

蕭世耘搖搖頭，驚魂未定地說：「我剛才……看到半夜上山的隊伍……我偷偷跟在後面。結果、結果……」

「結果怎樣？」呂明徹看他結結巴巴、話都說不利索的樣子，不禁皺眉。

「結果……結果不見了！」

「什麼東西不見了？」

「隊伍、整個隊伍、全部的人，都不見了！消失在階梯上！」蕭世耘緊握拳頭，情緒異常激動地說。

呂明徹聽完之後，露出恍然大悟的表情。「我知道了，你又做夢了？」

「不是做夢！」蕭世耘嚴正否認。「我真的看到了！你不信，我有拍照！」

他拿出手機打開相簿一看，發現最近拍攝的幾張照片沒有任何影像，只有一片黑色的虛無。

「怎麼會……」蕭世耘愣住了，怔怔地望向衛綾月。

對方沒好氣地別開臉，根本不想理他。

「妳一定知道為什麼！為什麼那個隊伍會憑空消失？這明明是不可能的，可是我卻親眼看到……」他想起失蹤的三名隊友，難道也是像這樣被異度空間吞噬嗎？「是不是那個神社有古怪，靠近的人就會消失？」

「根本就沒有什麼隊伍。」衛綾月冷冷地說。

「怎麼可能！妳應該也看到了，塔塔也看到了……」

「你跟我來。」她說著，率先走向屋外。

蕭世耘立刻跟過去，一臉莫名其妙的呂明徹也跟著走出來。

衛綾月用手電筒照著斜坡上的階梯，由於稍早之前下過大雨，現在地面還相當潮濕。

「有看到石階上的鞋印嗎?」她問道。

「有。」

「那是誰的鞋印?」

蕭世耘就著燈光仔細辨認，石階上清晰可見的鞋印只有兩種，一大一小，大的鞋印毫無疑問是他的登山鞋所印下，小的鞋印大概就是衛綾月的涼鞋。

「這樣清楚了嗎?只有你和我的鞋印，根本就沒有你所說的隊伍從這裡走過。」衛綾月斬釘截鐵地說。

蕭世耘聞言渾身一震，如遭雷擊。

人數眾多的隊伍、扛著重物的隊員，他們是絕不可能不在潮濕泥濘的地面留下腳印的，但眼前確實沒有其他人踩過的鞋印。

那他這兩天夜裡看到的是什麼?活見鬼了嗎?

「你所看到的東西，一開始就不存在;或許應該說，『不是實際存在』。」

衛綾月看著呆若木雞的蕭世耘、依舊滿頭霧水的呂明徹，無奈地嘆了一口氣。

「本來，這些事情與你們無關，所以我不打算讓你們知道;但是……山下的救難人員最快明天就會陸續抵達這裡，搜救行動即將開始，我想，要是你們對這座山一無所知，很容易會把自己的小命也賠上去，這麼一來，我和塔塔就白費功夫了。我不知道塔塔爲什麼一定要救你們兩個，不過既然救回來了，總不能再放你們去死。」

「這座山，有什麼不對勁的地方嗎？」對方嚴肅異常的神情看起來完全不像開玩笑，想起三名同伴離奇失蹤的事，呂明徹不禁有些疑慮不安。

「接下來我說的事，你們願意相信也好，不願意相信就算了，總之希望你們提高警覺、珍惜性命，不要繼續作死，我可沒辦法救你們第三次。」

五・靈門傳說

相傳這與世隔絕的大山之中，存在一座「靈門」。「靈門」會吞噬其周圍所有生命體，從古至今，在這座山消失的村民和登山者，泰半是身陷於此。

部落的居民堅決相信，凡是被靈門吞噬的人，必會魂飛魄散，永遠回不來了，且連屍體都找不到。

「所以當我聽說你們的同伴在山上失蹤，才勸你們不必找了。」衛綾月神色冷肅地說。「我奶奶告訴過我，從很久很久以前到現在，消失在這座山的人，從來沒有被找回來過。」

「世上眞的有這麼恐怖的東西嗎？實在太不科學了！什麼『靈門』的，想也知道不可能！只是無憑無據的鄉野傳說吧！」呂明徹好像聽了天方夜譚一樣，露出難以置信的表情。

「那你相信宇宙中有黑洞嗎？黑洞科不科學呢？」

呂明徹被問得無話可答，只好求救似的看向蕭世耘。

沒想到蕭世耘卻一臉認眞地問衛綾月：「那座靈門在哪裡？」

他該不會毫無懸念的全盤相信了吧？

「據說沒有固定的位置，出現的時間也不一定，隨時隨地都有可能在山裡出現，就像極不穩定的時空裂縫一樣。經由祖先代代口耳相傳，村民們雖然都知道靈門的存在，卻始終找不到它出現的原因和規律。」

「妳說那個靈門隨時隨地都會冒出來，那我們要怎麼提高警覺啊？不是防不勝防嗎？」呂明徹不以爲然地說。

「這就是接下來我要提醒你們注意的事。雖然無法知道靈門會出現在哪裡，但先祖根據他們的經驗警告我們：不要靠近水邊，還有起大霧時要格外小心。」

蕭世耘回想起第一個出事的阿傑，就是在湖邊消失，而嘉俊和小周失蹤時，四周正瀰漫濃霧。

難道，他們三人眞的是被傳說中的「靈門」吞噬、再也回不來了嗎？蕭世耘雙手掩臉，內心十分沉痛，比自己被宣判死刑還難過。

一開始，他就不該策劃這次的古道探勘行程，但如今後悔，也已經來不及了。

想到下落不明的三名隊友，呂明徹心裡也很焦慮，不過對於衛綾月所說的內容，他始終保持懷疑態度。

雖然他在電視上看過很多登山客離奇失蹤的案例，例如發生在一九七二年的「邱高事件」，消失的三名大學畢業生至今也還沒被找到。他相信在高山上確實有些常理無法解釋的情況會發生，但說到吞噬生人的「靈門」什麼的，他還是覺得很難接受啊！如今都什麼時代了！

看呂明徹露出的表情，衛綾月就知道他不相信自己說的，她也不以為意。「我該說的都說完了，信不信隨便你們。明天部分救難人員會先到這個村落集結，以這裡作為據點開始搜山，你們自己保重，順便提醒其他人留意。」她一臉無奈地說：「進行搜救只是白費力氣，徒然讓更多人面臨失蹤的危險，但阻止不了你們，我也沒辦法。」

明知道被「靈門」吞噬的人救不回來了，卻還要拖著更多人一起陷進去，這是她最不願意看到的，所以一開始就勸他們兩人放棄求援，不過終究是事與願違。

「如果你們覺得搜山是白費力氣，為什麼那個老婆婆——妳的奶奶會同意幫我們報警求助？她應該跟妳一樣堅決反對才對吧！所以情況應該不像妳說的那麼糟……」呂明徹說道。

他一直對衛綾月那種悲觀負面的想法感到不滿。什麼事都沒有做，就先唱衰放棄，要這樣的話，人生直接躺平等死就好了，都不用奮鬥努力了。

「才不是這樣。」衛綾月搖搖頭。「我奶奶說，在還沒有面臨徹底的絕望之前，誰也不會輕言放棄，這就是人性。如果當時拒絕援助，放任你們兩個繼續在山上亂跑，只會更加危險。而且，你們是從平地來的登山客，要是一直沒有回去，你們的親友和救援隊遲早會來搜山，結果都是一樣，不如先保住你們兩個。」

聽了這些話，對於那個明顯年過百歲的老婆婆竟有這般清明透徹的思緒，呂明徹深感驚訝。看來是不能小覷的老人家啊！

深陷悲痛愧悔之中、久久不發一語的蕭世耘此時抬起頭，向衛綾月問道：「我剛才看到的隊伍……就是被『靈門』吞噬的嗎？」

也許是當時親眼所見的震撼和驚恐餘悸猶存，他說起這件事的聲音還有點發抖。

「我沒看過靈門，不知道靈門是不是那個樣子，但我知道那支隊伍不是

『眞實』存在的東西。」

「那、那到底是什麼？」蕭世耘身體微微顫抖。莫非是鬼嗎？數量那麼龐大的……

「據說是從數千年前就出現在這座山上的『山煞』，又稱爲『喪門弔客』。」

「喪門……弔客？」呂明徹聽著覺得耳熟，但不知道那究竟是什麼。

「《協紀辨方書》中提到：『喪門者，歲之凶神也，主死喪、哭泣之事』，你們可以想成是一種煞神。人類如果和『山煞』正面對上，就會因爲魂魄被帶走而喪命。」衛綾月說道。

「妳怎麼會知道《協紀辨方書》？」蕭世耘驚訝地看著她。

由於興趣使然，他在大學雙主修歷史和日文，對中國古籍多有涉獵。

他知道《協紀辨方書》是清代莊親王允祿奉乾隆皇帝之敕命編纂而成，又稱爲《欽定協紀辨方書》，收錄於《四庫全書》，但由於內容太過冷僻，他也只是僅聞其名而已，連翻都沒翻過。

一個獨自住在高山荒廢村落的年輕女子居然會讀這種書，他實在大感意外。

「這不用你管，管好你自己就好了。」衛綾月惡狠狠地瞪了他一眼。「剛才要是跟『喪門弔客』對上眼，你就死定了！真的很會找麻煩。」

日間割了一整天的草，又要準備三餐給他們吃，三更半夜還不能睡覺，還要對他們兩個解釋這麼多，衛綾月覺得實在很累了，連想罵人都沒力氣。

「對、對不起，給妳添麻煩了。」蕭世耘真誠地低頭道歉。「但是妳怎麼知道我跑出去了？」

他記得自己出門時，爲了不吵醒呂明徹，極力放輕腳步，一絲聲響也沒發出來。

「塔塔。」她一臉無奈地指著趴在門前台階上的巨犬。「牠跑來抓我的門，帶我去找你。我真不知道牠爲什麼對你這麼好，你是不是有偷偷餵牠吃東西？」

蕭世耘轉頭望去，乍然看到狼犬身旁立著一個巨大的白色人影，不過眨眼之間就消失不見了。

是視覺疲勞引發的錯覺嗎？

◆

隔天下午，由各地趕來的警消和山搜隊員陸續抵達。

眾人暫時借用位於部落中央的公廨作爲搜救據點，蕭呂二人也前往該處向大家說明三名隊友失蹤的經過。

由於失蹤地點是地圖上沒有畫出來的地方，蕭世耘只能指出大略的座標位置，盡量縮小搜救範圍。

部落的老人們許久沒有見過這麼多人聚集在村莊，紛紛好奇地來到公廨圍觀。

聽說他們要去那座不知名的湖泊，一位老態龍鍾的駝背老者連連擺手。

老者警告他們，那座湖泊及附近一帶林區都是禁地，自古以來是不能擅入的禁忌區域，凡是不信邪的人都會遭到報應，那三個學生的失蹤就是前車之鑑。

現場擔任事故搜救指揮官的，是地區消防機構的資深教官，他聽了這些話以後，絲毫不爲所動，態度強硬地將那些試圖阻攔他們進行搜索的部落居民請出公廨，繼續和其他救難人員研議搜救計畫。

蕭世耘心想指揮官或許是不相信這些民俗信仰；也或許他相信，但職責所在，必定不能因爲這樣就中止搜救行動；既然這樣，他應該告訴大家關於部落的「靈門」傳說嗎？

可能會引來一陣訕笑吧？但是……

考慮了許久，在行前會議暫告一段落、中場休息的時候，他下定決心走上前，將流傳在這座山的靈門和喪門弔客等傳說告知在場眾人。

大家先是一愣，緊接著發出哄堂大笑。

有人說他可能是在山上受困太久，精神狀態受到壓力的影響而導致失常，還有人問他需不需要先下山就醫。

遭到眾人奚落的蕭世耘還想和眾人爭辯，一旁的呂明徹連忙將他拖到公廨外面的廣場。

「別再說了，什麼『靈門』、什麼『煞神』，不會有人相信的！再說下去，只是被當成神經病而已。」

「難道連你也不信嗎？『靈門』是不是眞的存在，我不敢說，但深夜消失的上山隊伍，我是親眼看到的！」

「呃……你是我的兄弟，既然是你親眼看到的，我當然相信。可是別人打死都不信，我們又有什麼辦法。」

「可是……」

呂明徹拍拍對方的肩膀，「算了啦，反正你已經盡到告知的義務，這樣就夠了。看來這裡暫時沒有我們的事，那些人不知道還要討論多久才會開始行動，天也快黑了，先回衛小姐那裡吧，她不是叫我們天黑後不准在外面走動嗎！」

兩人回到衛綾月的小屋養精蓄銳，隔日凌晨天還沒亮，就揹著個人裝備到臨時設置爲前進指揮中心的公廨集合，準備和其他救難人員一起上山。

基於安全考量，前進指揮官堅決不同意身爲學生的蕭呂二人加入搜救行列，不過他們還是偷偷混在其中一組人數較少的小隊裡面。

這支僅由兩人組成的小隊成員是自發性提供協助的山友，非正規搜救人員，他們見蕭呂二人堅持要幫忙，也就同意了。

一行四人負責的區域是小周失蹤的那片箭竹海。

他們魚貫地行走在通往箭竹海的深山稜線上。

走到一半，天空飄起細如牛毛的小雨，他們便穿上雨衣，再繼續前進。

蕭呂二人數日前在箭竹海中踩踏出來的路徑仍清晰可見，帶隊的李大哥毫不猶豫地依循該路線鑽進去。

「你們那個隊友，就是在這條路線失蹤的？」走在領隊後方的何先生一邊觀察兩側夾道的箭竹叢，一邊問道。

「是的，當時小周跟在我後面，走一走忽然就不見了。」蕭世耘答道。

「箭竹長得這麼密集，簡直像一堵牆壁一樣，就算想要跟前面的人走不同路線、另闢蹊徑，也不容易。」李大哥沉吟道。「而且，如果是往旁邊的箭竹叢鑽，也一定會留下很明顯的踩踏痕跡，就像我們現在走的這條小路一樣。」

「發現小周失蹤之後，我和阿徹就在這裡來來回回走過好幾遍，完全沒發現有人往其他方向鑽過的跡象。」

此時，蕭世耘忽然察覺背後異常安靜，走在最後面的呂明徹似乎落後太遠了。

他連忙叫住前面的兩個人：「李大哥、何大哥，請等一下！我朋友阿徹還沒跟上來。」

那兩個人依言停下腳步，一邊喝水，一邊等候。

然而等了很久，總不見呂明徹的身影，煙雨濛濛的箭竹海一片平靜。

「那個年輕人該不會走錯路了吧？」李大哥說道。

他們搜救時走的是探勘路線，原本就沒有固定途徑可依循，地貌複雜多變，大小支稜一大堆，如果沒跟好前面引導的人，走到錯誤的稜線上是極有可能的。

蕭世耘努力地回想，自從進入箭竹林之後，就沒有再聽到阿徹說話的聲音。照理說，他的腳程沒有這麼慢，難道眞的走錯路了？

「我回去找他！」他連忙調頭往回走。

阿徹身上裝備齊全，且登山經驗豐富，如果只是單純迷路，並不會有立即性的危險，他只擔心對方是否遇上傳說中的「靈門」，被那股神祕的力量吞噬了。

另外兩人也跟在蕭世耘後面回頭找人。

一路上都沒發現呂明徹的行蹤，他們漸漸回到進入箭竹海前的三岔路口。三人一致認爲，如果呂明徹眞的走錯路，那最大的可能就是在這裡接錯稜線。

但他是往哪一個方向走呢？

他們在三岔口觀察很久，發現南邊的支稜上好像有呂明徹的雨鞋印，尙未被雨水沖刷殆盡，於是他們決定先往南邊的窄稜尋人。

原先以爲一直循著足跡就能順利找到對方，不料沒走多遠，迤邐不絕的鞋印突然中斷了。

就像走到半路憑空消失一樣。

腦中瞬間浮現的想法，讓蕭世耘全身寒毛直豎。

「不、不見了……」他戰慄地說：「憑空消失了！」

「活生生的一個人怎麼會憑空消失？」李大哥不以爲然地說。「這是不可能的事！冷靜一點，不要自己嚇自己！」

「可是腳印……」蕭世耘指著稜線上戛然而止的足跡，微微顫抖。

遠離腳印站在一旁的何先生也露出驚詫的表情。

「走到一半腳印消失，還有其他很多原因，你先別慌。」有三十多年登山經驗的李大哥，在高山上各種怪事見多了，顯得十分沉穩。

由於此時陰雨綿綿，能見度有限，李大哥遂打開頭燈，彎身在腳印周圍尋找蛛絲馬跡。

最初的驚悸淡去之後，蕭世耘逐漸恢復冷靜，也跟著打開頭燈，觀察四周。

此處環境和窒礙難行的箭竹海不同，窄稜左側是壁立千仞的懸崖，下有深谷，雖然其勢險峻，若有合適的攀岩工具，要勉強下降也不是不行；右側則是雜木叢生、林相不佳的陡坡。

難道失足掉下去了？蕭世耘思及此，心底陡生陣陣寒意。

他不希望阿徹被「靈門」吞噬，但如果在這種地方失足跌落，下場好像也沒有比較好啊！說不定反而死得更痛苦……

正胡思亂想時，蹲在右側草叢間的李大哥忽然招手叫他過去。

六・百年祭司

「斜坡邊緣有鞋印，八成從這裡下切了。」李大哥指著地面的草叢說道。

蕭世耘蹲在那些恣意生長的石松、莎草間細看，果然有明顯的踩踏痕跡，而且看起來腳步很穩當，不像猝然滑落的樣子。

他略感安心，卻又不禁困惑——阿徹從這裡下切做什麼？這個方向和小周失蹤的箭竹林完全相反，即使迷路，也不可能無故下切山谷啊！

阿徹不可能不知道在山上隨便下切是非常危險的，很大的機率下得去、上不來，許多山難事件都是因為這樣引起。

莫非發現了什麼，不得不下去嗎？

「我下去看看。」蕭世耘立即從背包取出登山繩，固定在斜坡邊緣的樹幹上。

「我跟你一起下去，有事好互相照應。何先生留在上面，如有狀況，用對講機聯絡。」李大哥也拿出自己的登山裝備。

兩人拉著繩索，輕裝下切。

下到中途，陡坡下方忽然響起哨子聲，聲音穿林度葉而來，聽起來破碎無力，且斷斷續續、時有時無。

「求生哨！」確定陡坡下有人受困，蕭世耘連忙加快下切的速度。

過了一會兒，他們二人在懸崖邊找到掛在鐵杉樹上的呂明徹。

這棵巨大鐵杉的樹幹和枝椏傾斜地往懸崖外生長，形如倒木，呂明徹正腹部朝下的掛在樹幹上，雙腳懸空。

幸虧所在位置離崖邊不遠，蕭世耘和李大哥兩人連忙合力將他拉回來。

雖然全身沾滿污泥腐葉，灰頭土臉，不過意識清楚，精神狀態正常。

「太好了，這求生哨真的管用，至少不用喊破喉嚨。」呂明徹得救之後，臉上露出苦笑。

他告訴他們，自己在下切的時候，因爲細雨不斷，土壤非常潮濕，不小心腳下一滑，就往下翻滾了，還好被這棵大鐵杉的樹幹勾住。如果沒有這棵樹的話，他就要跟他的登山杖同樣命運，滾到懸崖下面去了。

有些火大的蕭世耘質問他到底是哪根筋不對，竟下切到這種差一點點登山就要變登仙的窮崖絕谷。

不料呂明徹卻一臉無辜地說：「我是跟在你後面下切才滑落到這裡的。我才想問你哪根筋打結還是卡到？這跟一開始說好的路線完全不一樣啊！」

蕭世耘驚愕地看向李大哥，對方神色微變，沒有多說什麼，只是詢問呂明徹還能不能走動，要是能走，就盡快隨他們離開。

呂明徹表示滑落之際，右腳扭傷了，但勉強還行。

在兩人連拖帶拉的協助下，終於爬回上方的狹窄稜線。

由於他腳踝受傷，不便在陡峭崎嶇的山徑行走，其餘三人只好輪流將他揹回靈首村。

回到指揮所時，已經是下午了。

隨著救難隊上山駐點的醫生幫他檢查了一下傷勢，表示沒有傷及腿骨，並無大礙，過幾天就會自然痊癒。

隊醫離開之後，得知此事的指揮官把蕭呂兩人臭罵了一頓，並嚴格禁止參與搜救行動，要是繼續添亂，就把他們捆起來送下山。

◈

「說什麼添亂，我們是真的想幫忙搜救啊！講得好像我們只會搗蛋一樣。」

呂明徹拖著扭傷的右腳，一跛一跛地走在村裡的石板路上。

蕭世耘輕嘆了一口氣，沒有搭腔。

因爲不好意思過度麻煩李大哥和何先生二人，在返回指揮所的路上，大多數時間都是由他揹著體型和自己差不多的呂明徹，早已累到說不出話來了。

「對了，那時候你爲什麼要改變路線下切山谷？箭竹林明明就不是往那邊走，是發現了什麼嗎？」呂明徹問起剛才的事。

蕭世耘見問，神色驟然變得古怪。

「你眞的確定是跟在我後面下切？」

「這不廢話嗎？如果不是你在前面帶路，我沒事下切幹嘛？又不是吃飽太閒。」

呂明徹說，走到三岔口時，他清楚記得箭竹海的方位在北邊，一開始大家商議好的路線也是上面那條寬稜無誤，然而卻看到前方的蕭世耘朝南邊窄稜走。

原以爲蕭世耘走錯路，連忙追上去，想把對方叫回來，但可能毫無遮蔽的山稜上風雨聲太大，他沒聽到叫喚，一逕走上狹窄破碎的稜線，走到一半還突然下切山谷。

因擔心蕭世耘出意外，他連忙跟著下切，結果因爲林下泥地濕滑，一不小心就摔下去了，一路翻滾，最後掛在樹幹上。

由於受困的位置非常尷尬，腳下山谷看不清有多深，他一動也不敢動，想到蕭世耘應該就在附近，於是立刻吹響求生哨，吸引對方的注意。

果然沒過多久，聽到哨聲的蕭世耘就出現了。

這就是他遇難的經過。

蕭世耘越聽臉色越難看。

「你們到底發現了什麼，爲什麼要從那裡下切？」呂明徹接著問道。「是不是有關於小周還是其他人的線索？他們在下面嗎？」

「……我們沒有下切。」

呂明徹瞪大了眼睛，「你在說什麼鬼話？」

「是眞的。」蕭世耘潛意識裡很不想討論這件奇詭的怪事，但看對方刨根究底、追問不休的樣子，似乎不說清楚是不行的。「我和李大哥他們進入箭竹海之後，發現你沒有跟上來，停在原地等了很久，一直等不到人，所以回頭找你，跟著你的腳印才發現你走錯路了。」

「不可能！」呂明徹斬釘截鐵地反駁。「你那時明明走在我前面，雖然當時下著小雨，可是我的視力好得很，絕對沒有看錯！你在跟我開玩笑吧？」

「這種時候，我開這種玩笑做什麼？而且一點也不好笑。」蕭世耘無力地說。「你要是不信的話，我們回指揮所問李大哥他們。」

其實不需求證其他人，呂明徹相信以蕭世耘的個性，不可能開這種無聊的玩笑；但，他確實是跟在蕭世耘背後，才會走上南邊的稜線。

「可是……可是……我明明……」

「你當時看到的人，眞的是我嗎？」他知道呂明徹沒必要說謊，但其宣稱的經過卻和事實落差很大，唯一的可能就是認錯人了吧！「也許你不小心跟到其他小隊的救難人員了。」

跟錯隊伍這事聽起來荒謬，但在商業登山團裡卻是屢見不鮮，不乏有人因爲跟錯隊員而走錯路線。

「我確定走在前面的人是你！我們從高中就認識，我哪可能認錯人？」呂明徹篤定地說。「再說，那附近除了我們這一隊之外，也沒有分派其他救難人員啊！」

由於目前趕上山的救難員人數還不多，要搜索的範圍又很大，每支搜救隊負責的區域都相隔甚遠，路線也沒有交叉重疊之處。

那麼，呂明徹看到的人究竟是誰呢？蕭世耘實在無法理解。

抱著這令人頭痛的疑團，兩人回到衛綾月的小屋，卻發現她不在屋裡，原本睡在地板下層架空處的狼犬也不見了。

「衛小姐不在，去哪裡了？」

「怎麼，一天沒看到，你就想她了？」呂明徹打趣地說道。

「不要胡說了，我想問她關於今天這件事，說不定她知道些什麼。」

「神社附近的芒草還沒割完，她大概又去割草了？不過那種破爛鳥神社，根本也沒有人會去參拜，除不除草又有什麼關係，害我腰酸背痛一整天。」呂明徹忍不住發牢騷。

「我們去看看。」蕭世耘放下登山裝備。

「欸，不要吧！被她看到，可能又要被她抓去割草。」呂明徹嘴上這麼說，但看到蕭世耘走出門外，仍舊乖乖跟了上去。

他們踩著陡峭而狹小的石階往神社走去。

經過接近終點處那兩座大石柱時，蕭世耘想起前天夜裡看到的景象，不由得停步。

那支被衛綾月稱爲「喪門弔客」的詭異隊伍，就是消失在這兩座石柱之間……

「喪門弔客」和傳說中的「靈門」，會不會有什麼關係呢？爲什麼那些「煞神」會集體消失在這裡？

他仔細端詳那兩座高三公尺多的板岩石柱，只覺得外觀十分普通，看不出任何異狀。

「你說這兩根石柱有什麼用途啊？」隨後跟上的呂明徹也走過來，伸手摸了摸石柱。「看起來是特地從哪搬上來插在這邊，眞是大工程。就憑這個小部落，哪來這麼多人力搞這些？」

雖然石柱整體看似天然產物，沒有絲毫斧斫痕跡，不過插立在這個地方，確實十分突兀，明顯是人爲所致；加上神社附近有大大小小十餘座，即使是科技發達的現在，要將這些重達數十噸的石柱運上這座小山，都不是容易的事。

爲了什麼目的，要這樣大費周章？

「實在看不出來有什麼用途，會不會像卑南遺址的月形石柱一樣，是史前人類建築結構的一部分？」蕭世耘猜測道。

卑南遺址位於台東縣卑南山，存在年代距今約五千三百年至二千三百年，是台灣新石器時代的代表性遺址。除了出土大量史前遺物之外，遺址地面也曾豎立許多板岩石柱。

「史前時代的建築遺構？那個年代，台灣島上的人口只會更少吧，何況這種鳥不拉屎的高山上，從哪生出那麼多人力？飯都沒得吃了，還有精力搞這種石頭建築？」呂明徹不以爲然地說。「而且就算是卑南的月形石柱，也不一定眞的是房屋的柱子，那只是現代學者的推測，還沒證實呢！」

兩人站在石柱前，研究了很久，討論不出個所以然。

「算了，我們在這裡想破了頭也沒用，不如去問衛小姐。」蕭世耘說著，繼續往上走。

走到山頂，發現神社四周的芒草全部割除殆盡，原先隱蔽在高山鬼芒間的石柱群失去遮蔽，在夕陽餘暉的光影下，顯得更加肅穆壯觀。

塔塔跟之前一樣，趴在神社下方陰影處睡覺，附近卻不見牠的主人。

那位年逾百歲、部落祭司模樣的老婆婆坐在另一棟小屋的緣廊，手持一把用檳榔籜剪裁而成的扇子，正輕輕搧著。

見到他們兩個，老婆婆招了招手，示意他們過來。

兩人略微猶豫了一下，便朝老婆婆走過去。

她開口很快地對他們說了一串陌生的語言，蕭世耘連忙搖頭，「妳說的話我聽不懂。」

他心想，對方使用的語言，應該是某族的原住民語吧！而不管是哪一族的原民語，對他來說都是同樣陌生。

老婆婆露出困惑的表情，大概也不明白他的意思。

蕭世耘遂指著自己的耳朵，擺擺手，表示聽不懂。

老婆婆沉默半晌，再次開口時，說的竟是日語。

蕭世耘因母親娘家長年定居日本的緣故，他的童年和少年時期都是在東京度過，日語對他而言有如母語，雖然老婆婆語速極快，有些詞彙發音也因年老而口齒不清，他仍能輕易理解對方的意思。

呂明徹則是完全聽不懂。

老婆婆劈頭就問，剛才是否撞見鬼怪了？

蕭世耘嚇了一跳，連忙用日語告知關於呂明徹之前遭遇的怪事。

老婆婆默默聽著，臉上表情十分平靜，一副見怪不怪的樣子。

「在這山上，遇到什麼都不奇怪。」老婆婆說。「不過，我看你們兩個，氣色比昨天差，這幾天最好別到村庄以外的地方，否則會被鬼怪帶走。」

「老婆婆，您是靈媒嗎？」

「我是靈首村祭司。按照祭儀奉祀神明大人，是我的職責。」

「神明大人？是那座神社裡的神嗎？」

高山部落上竟然有日本神祠，蕭世耘一直覺得很奇怪。台灣原住民的祖靈信仰，應該和日本宗教大不相同吧？

雖然日治時期因推行皇民化運動及理番政策之故，在台灣各地——包含山地部落——廣設神社，但二戰結束後，日本政府撤離之際，擔心神社遭到破壞，遂執行「奉燒」之式，神社及「御靈代」多半不存，難道靈首村村民至今仍信奉日本神祇嗎？

面對蕭世耘的疑惑，老婆婆並未多加說明，只催促他們趕快回村裡去。

「天快黑了。阿月應該告訴過你們，夜裡不要在外面走動吧！」

蕭世耘想起他們是來找衛綾月的，於是問道：「對了，老婆婆，妳知道衛小姐在哪裡嗎？」

「她在神社修行。」

「修行？」蕭世耘聞言十分驚訝。「什麼修行？」

「身爲部落祭司，爲了強化感知神明大人旨意的能力，必須經常閉關潛修。」

「衛小姐也是部落祭司？」

「目前還不是，不過，很快就是了。」老婆婆說著，緩緩起身，逕自走進自己的小屋。

見老婆婆無意繼續和他們交談，蕭呂兩人也只得識相地離開了。

經過神社時，蕭世耘特地往裡面看了一下，只見格子門窗內部一片黝黑，沒有半點亮光。

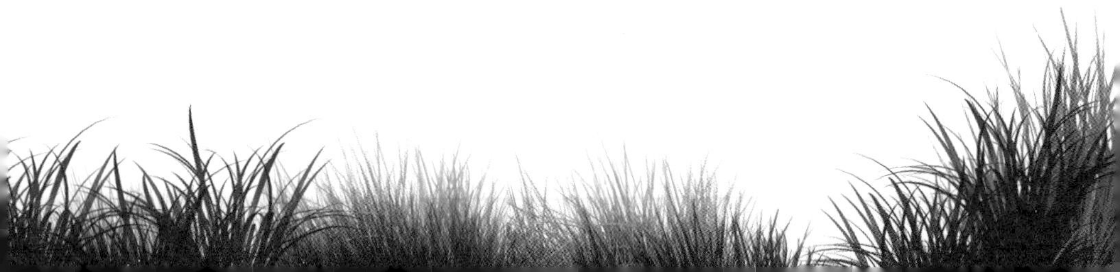

七・神明旨意

……靈者……「靈門」……之命……禍世……

簡陋至極的神社裡沒有任何光源。

由於建築方位的關係，日月之光透不進來，小小的本殿被永恆的、如霧般的黑暗籠罩著。

置身其中闔目趺坐的衛綾月卻感覺眼前有一道光芒，像冬日小溪上映射的粼粼波光，柔和且溫暖。

在那道光裡，依稀有人在呼喚她、對她說話，但聲音似乎來自遙遠的地方，輕細而斷斷續續，令她無法聽清楚。

從她有記憶開始，除了求學之外，幾乎全部的時間都在這黑漆漆的本殿打坐修行，時間就這樣過了十幾年了。

奶奶曾經告訴她，由於她不是部落的人，沒有成為巫師的天賦，但神明大人親自選中她，透過刻苦的修行，她一定也能對神的旨意有所感應。

幾年前，她隱隱約約感覺到，身旁彷彿一直有人想告訴她什麼，可是訊息內容非常零碎簡略，完全不能理解。

終究是太勉強了嗎？她畢竟是外族人，沒有繼承部落靈媒的血脈，原本就不具備成爲祭司的資格。

但靈首村人口日益減少，從數十年前開始就再無新生命誕生，如今村裡只剩十幾個行將就木的老人，除了她之外，根本沒有人能接任衛綾家族的祭司之位。

爲了不讓神祀斷絕，也只能勉爲其難。

一切都是出於無奈。

這次的修行仍然毫無進展，她疲憊地嘆口氣。

◆

再次見到衛綾月，已是五天之後的深夜。

她拖著憔悴的身軀悄悄回到小屋時，在客廳打地鋪的蕭世耘還沒入睡。

他聽到開門的聲響，在黑暗中坐起身子，拿手電筒照向雨戶的方向。

映入眼簾的削瘦身形讓他嚇了一跳。原本就纖細的體型，如今更是明顯瘦了一大圈，簡直骨瘦如柴。這就是修行的代價嗎？

「呃……聽說妳去修行了？」

「嗯。」

「該不會這幾天都沒進食吧？」

「有喝水。」

躺在地板上的呂明徹兀自呼呼大睡，衛綾月放輕腳步，想走回自己的房間。

「我煮東西給妳吃。」他說著，立刻從地板上爬起來，鑽進廚房。

他和呂明徹這幾天鳩佔鵲巢似地住在這裡，已經習慣得像自己的家一樣了。

他使用從下面那個部落採購來的食材進行烹煮。等她洗過澡走出來，桌上已擺放著一碗湯麵和兩道小菜，香味撲鼻。

早已餓過頭的衛綾月坐下就吃，毫不客氣。

她一邊吃，一邊說：「你的廚藝比我好多了。早知道你這麼厲害，之前應該讓你來煮，也省得你朋友抱怨我煮的東西比狗屎難吃。」

蕭世耘聞言，顯得非常尷尬。沒想到呂明徹背地裡的刻薄抱怨，都讓她聽到了。「阿徹一向說話口無遮攔，請妳不要放在心上……」

衛綾月無所謂地笑笑，「沒差，他說的是事實，我這人就是不會煮飯。你們到下面的部落採購了？」她發現眼前的食物不是原有儲糧。

「對。這幾天抵達前進指揮所的救難人員越來越多，我和阿徹幫不上忙，只能去下部落協助補給糧食，順便採購自己的部分。」

雖然加入救援的隊員越來越多，這幾天的大規模搜山行動卻是一無所獲，沒有發現任何關於失蹤者的蛛絲馬跡。前進指揮所已經開始出現是否該放棄搜救的聲音。

思及此，蕭世耘不禁神色黯然。

看到他的神情，衛綾月猜想大概是這些天來搜救無果的緣故。

嘴裡吃著對方特地爲自己煮的消夜，她認眞地考慮起自己此刻是不是該說些安慰的話，例如「不到最後一刻，不要輕言放棄」、「吉人自有天相」之類的，不過她覺得說這些空洞的屁話似乎完全沒意義。

日前失蹤的那些人，她敢肯定絕對是找不回來的——從很久很久以前到現在，凡是在這座山上失蹤的人，都像人間蒸發了一樣，無一例外。既然如此，還是勸他早點認清事實、不要繼續懷抱不切實際的期待比較好？

可是看他難過的樣子，這種雪上加霜的話她實在說不出口，只好低著頭默默吃麵。

過了一會兒，蕭世耘像想起什麼似的，語氣遲疑地說道：「對了，妳不在的這幾天，我有好多問題想請問妳，不知道是不是方便……」

「你問。」

對方直截了當的反應，讓他大感意外。還以為按照對方的個性，八成懶得和自己多說，原本是不抱太大希望的。

「眞的可以嗎？可是現在時間很晚了，會不會打擾妳休息？妳應該很累了……」

衛綾月打斷他的話：「沒有關係，但作為條件交換——如果你們住在這裡的期間都由你負責煮飯，我現在就回答你的所有問題。」

她最討厭煮飯這件苦差事，可是住在這種遺世獨立的高山上，不自己煮飯又不行。要是有人願意代勞，她求之不得。

所有問題！聽到這四個字，蕭世耘眼睛都亮了，連忙一口答應。

他擅長野炊，在沒有爐具的野外，只要有食材，都能煮出一桌好菜，煮飯對他來說根本沒什麼。

衛綾月很捧場的吃光他煮的所有消夜——包括一大碗湯麵、蘑菇炒蝦、火腿毛豆炒蛋。蕭世耘把用過的餐具洗乾淨之後，又幫她泡了一壺茶。

他首先說起那天呂明徹被誘導下切山谷的經過。

「阿徹說是看到長得跟我一模一樣的人，怎麼可能會有這種事呢？」

這件事困擾他很多天了，也嘗試問過前進指揮所的登山前輩，但大家似乎都不願意談論，甚至叫他不要再提起。

不過他實在無法當成沒發生過這回事。

「深山的精怪幻化成人形來捉弄人，這是很常見的事。那些精怪不一定心存惡意，但有時玩太大了，往往也會弄死人；你朋友剛好被鐵杉勾住，沒掉下懸崖，算是非常幸運了。」衛綾月一邊喝茶提神，語氣平淡地說。「指揮所的救難員不讓你問，大概是害怕那些愛捉弄人的精怪，就在旁邊偷聽人類討論它們吧！」

「這是眞的嗎？」蕭世耘不由得大驚。

衛綾月微微一笑，沒有回答。「下一個問題。」

他接下來問起豎立在村子口和神社附近的柱狀巨石。「這一帶應該沒有那種板岩岩層，是特地從很遠的地方運過來的吧？有什麼用途呢？」

「這我就不清楚了。小時候我也問過奶奶這個問題，她說當靈首村這個聚落形成的時候，那些石柱就已經存在，是史前時代的遺跡。由於沒有留下任何文字記載，石柱最初的用途和來歷沒有人知道。」

「是史前遺跡嗎？那就和卑南遺址的月形石柱一樣了，但是這裡距離台東的卑南山非常遠，彼此應該沒有什麼關聯……」蕭世耘沉吟道。「我原以為是神社建築的一部分，可能是什麼祭祀用途。」

「神社的年代沒有那麼久，從日治時期到現在，最多也不過百年吧。」

見衛綾月喝完一杯茶，蕭世耘連忙幫她又倒了一杯，並拿出一些作為登山行動糧用的堅果、餅乾給她當茶點。

「說到神社，自從國民政府遷到台灣後，各地神社幾乎都沒有了，靈首村的神社卻還保留著，這裡的村民仍然信奉日本神明嗎？」

雖然改朝換代已經很久，但以這個村落與世隔絕的封閉程度看來，他想說不定真的有這個可能。

未曾經歷「奉燒」的神社，也許其中仍奉祀著當年遠渡重洋奉迎到台灣的「御靈代」。

「我只知道神社裡有神明，至於是什麼神，這就要問我奶奶了。」在奶奶的教導下，她從小祀奉神社裡的神明，卻從未想過那是何方神靈。「不過，萬物皆神，是什麼神明都無所謂吧，只要不是邪神就好了。」

萬物皆神……也就是說，他們崇尚的是泛靈信仰嗎？這倒是很符合原始部落的傳統信仰。也可能僅僅保留神社建築，裡面祀奉的卻是其他神靈也不一定……

蕭世耘沉吟著，心裡很想請求對方讓他進去神社本殿參觀。

他的姨丈是一座歷史悠久的神社繼承人，從小和他感情很好的表哥也是神道教的神職人員。幼年住在日本的時候，他經常出入姨丈家的氏神神社，所以對神社有種親切感。

但隨即又想到自己身爲一個外地人，提出這種非分要求，恐怕是過於冒昧了。

「還有什麼問題想問嗎?」

在蕭世耘認真思索的時候，衛綾月已把茶點吃光，單手撐著臉頰，一副困倦欲睡的樣子。

「妳說過村外的墓地……」蕭世耘發現她的眼睛都快闔上了，不好意思繼續發問，改口說道:「已經半夜兩點多，先睡覺好了。」

「你說那個啊。」衛綾月揉了揉眼睛，用手遮著嘴，輕輕打了個哈欠。

「明天再說吧!反正明天沒什麼事，我帶你們去那裡看看。」

◈

隔天上午，衛綾月帶著蕭呂二人穿過位於部落中軸線的石板路，走到距離村口石柱一公里外的凹陷區塊，狼犬塔塔如護衛般緊跟在後。

三人站在小土丘上，向南邊看去，滿佈黃泥石礫的荒地雜草叢生，大量灰色長條形石板裸露其間，遠遠望著像是大型建築物殘留的地基。

這就是當初他們兩人中暑昏迷的地方。

「怎麼突然對這片荒地有興趣？」她隨手自身側芒草叢折來一枝盛開的芒花，拈在手中耍弄著。

「前幾天從下部落搬運糧食回來的時候，看到剛上山的搜救員在這些石板上紮營，結果被部落的老人趕走了。」蕭世耘說道。「聽不懂那個老人家在罵什麼，但好像很生氣的樣子。」

「對了，我記得妳說過這裡是墓地對吧？可是看起來一點也不像欸！既沒有墓碑，也沒有封土。」呂明徹說。

「你們看那些長方形的石板。」衛綾月指著地面說道。

蕭呂二人依言仔細觀察。那些石板泰半掩埋在黃土裡，只露出石皮表面，看起來像是一片片超大型地磚一樣，無法判斷埋藏在地底下那部分的厚度。

「這石板材質和神社的板岩石柱有點像，只是都打橫埋在泥土裡，是倒掉的柱子嗎？」呂明徹看了很久，看不出個所以然。

如果這些躺在地上的石板都是柱子，那數量可遠遠超過神社周圍的，隨便目測大概就有兩、三百片，究竟有什麼用途？

「這不是石柱，是棺材。」衛綾月出人意表地說。

「棺材？」蕭呂二人都大吃一驚。

「現在看到的這些，就是蓋在上面的棺材板。」

「不會吧！直接讓棺材板暴露在地面上？」呂明徹瞪著那些灰白的長形石板，簡直難以置信。「這種葬法也太灑脫了！」

蕭世耘看著石板附近的殘破瀝青紙和舊帆布，忽有似曾相識之感。

「阿徹，你不覺得好像曾在哪裡看過類似的景象嗎？」他低聲問道。

「有嗎？」呂明徹皺了皺眉頭。「我沒看過數量這麼多的棺材板啊！」

「這些是被人挖出來的，原本都是深埋在地底下。」衛綾月說道。

「爲什麼要特地挖出來啊？」呂明徹疑惑不解：棺材在地底下埋得好好的，硬是把人家的棺材板挖出來，這種行爲不是太缺德了嗎？

「這是史前遺址？」蕭世耘突然說道。

衛綾月點點頭。「據說是兩千多年前的遺跡。」

「兩千多年前，那和濁水溪上游的曲冰遺址年代差不多。」剛才他聽說這些石板其實是棺材之後，就想起曾經看過當年挖掘曲冰遺址時的資料照片，和此地頗有些相似之處。「年代相近，而且同樣都是台灣罕見的高山遺址，可是曲冰部落距離這裡非常遙遠，相隔千山萬水，兩個地方可能會有什麼關係嗎？」

酷愛台灣史的蕭世耘不禁陷入沉思。

「等等，你說這是史前遺址？史前遺址怎麼會被挖成這樣？」呂明徹大感驚訝。

「我奶奶說過，數十年前，有一些自稱是考古專家或人類學者的人聚集此地，他們在這一帶建立臨時住所，並挖出很多石棺和玉石之類的出土遺物，長期進行研究。但好像發生了一些事，考古隊匆忙撤退，這片遺址就荒廢了。」

「兩千年前的遺址，就這樣挖開來風吹日曬雨淋嗎？這是非常重大的損失啊！說不定裡面藏著很重要的文物！沒有人對這個遺址進行保護嗎？」呂明徹雖然不懂考古，但也知道凡是古蹟，都應該要受到妥善的保護。

「十多年前，曾有另一批學者到這裡探勘，聽說要規劃什麼保護區，後來……」衛綾月說著說著，忽然沉默不語，豔陽下微微隨風顫動的芒草叢在她臉上形成一片忽明忽暗的陰影，致使看不清此刻的表情。

「後來怎麼了？」呂明徹好奇地追問。

「後來就不了了之了。」她抬頭望向遠方那些座落在遺址另一頭的小山丘，清澄的眼眸狀似蒙上一層薄霧，神情有些迷離。

「既然不是保護區，那我們可以下去看看嗎？」同樣對台灣史具有濃厚興趣的呂明徹一副躍躍欲試的樣子。

他心想，說不定可以從眼前這片遺址找到什麼足以改寫台灣史的寶貴物件呢！要是能發現有文字記載的文物，台灣的歷史可就一口氣從四百年拉長到兩千年了！

「可以是可以，不過，其實也沒什麼好看的。」她帶頭走下小土丘，來到因大規模挖掘而呈現地層凹陷的區塊。「重要的東西大概幾十年前就被挖走了，這裡只剩下石棺而已。」

「我問妳哦，這些石棺裡面，真的有兩千多年前的人類遺體嗎？」雖然自己也覺得這個問題好像有點多餘，不過呂明徹還是想確認一下。

「當然有。只是年代久遠，聽說有些骨骸早已經灰化了，但有的保存得還不錯。」她轉向對方問道：「你想打開來看看？」

呂明徹連忙搖頭，「不了！不了！這些先民在這裡睡得好好的，別打擾他們。我只是好奇問問看。」

蕭世耘在整齊排列的石板間來回走動查看，發現這些棺材擺放的方式相當井然有序，左右平行、整齊劃一，彼此相隔一定間距，而且頭尾皆爲南北走向，朝著北方山頂神社的方向。

能排列得這麼工整，難道是在同一時間、按照事前規劃下葬的嗎？

這個想法乍一浮現，蕭世耘立即在心中暗自否定了。

這不可能。

現場數量這麼多的石棺，代表至少有兩、三百位亡者，怎麼可能同時去世下葬？

不過，轉念一想，如果是天災人禍，那就有可能了。

兩千多年前，歷史空白的台灣、與世隔絕的聚落，曾經發生過什麼造成大量死亡的災難？而亡者的骸骨，又是基於什麼原因，要這樣葬得整整齊齊？

正思索這些問題，背後猛然傳來一陣咒罵聲。

八・史前遺址

蕭世耘回頭一看，原來是前幾天驅趕救難隊員的那位老爺爺。老人家外表非常蒼老，聲音卻依然宏亮無比，扯開大嗓門邊罵邊走過來。他說的是族語，蕭呂二人一個字也聽不懂，不過從氣勢洶湧的語氣聽起來，八成不是什麼好話，而且對方手上還揮舞著一根木棍，一副想打人的樣子。

正想招呼衛綾月趕快閃人，卻見她不疾不徐地轉身面向來者。一看到衛綾月，那個老人愣了一下，瞬間安靜了，原本滿嘴亂噴的咒罵頓時轉為帶著敬意的輕聲細語。

衛綾月不知對他說了些什麼，老人立即唯唯諾諾地點頭不迭，丟下木棍轉身離開。

「那老頭想幹嘛？」呂明徹悄悄問道。

「沒什麼。他擔心我們在這裡逗留會有危險，想勸我們離開。」

「是嗎？」呂明徹聞言，一臉驚訝。「我還以為他要打我們欸，原來那麼好心！誤會他了。」

「這裡會有什麼危險？」蕭世耘四下張望，看不出任何潛在的危險性。

「畢竟是墓地，村民迷信，向來把這裡視爲禁地。」衛綾月淡然地說。

「我看他好像很怕妳。剛才一看到是妳，說話都變客氣了。」呂明徹說。

「不是怕，只是對部落僅剩的祭司繼任者，多多少少心存敬意。」

村裡的人都知道，雖然她自小生活在部落，但和這裡的族人沒有任何血緣關係，其實根本不具備擔任祭司的資格；但既然是神明大人欽定，那就另當別論。

何況，除了她之外，人口嚴重凋零的靈首村也沒有其他年輕人能接任祭司和巫師之職了。

「對了，那個老婆婆說過，妳以後也會成爲祭司，那妳會驅邪嗎？可不可以表演給我們看看？」呂明徹顯得興致勃勃。

「我沒驅過邪，等你中邪的時候，我再來表演。」衛綾月似笑非笑地說。

「妳這女生眞的很不可愛欸。」

「彼此彼此。」

兩人正反唇相譏，忽見三名救難隊員形色匆忙地從村口方向朝這裡跑過來。

「原來你們在這！」爲首的李大哥氣喘吁吁地說。「幸好沒事！大家還以爲失蹤的是你們呢！」

「失蹤？」

蕭呂二人相視一眼，不太明瞭對方的意思。

「誰失蹤了？」蕭世耘趕緊問道。

李大哥說：「先跟我們回指揮所再說，大家都很擔心你們。」

◈

由於大部分的救難員都出勤了，留在指揮所的人不多，但感覺到處亂糟糟的，氣氛大不尋常。

在場的人看到蕭呂二人出現，明顯鬆了一口氣，但緊接著又變得驚疑不定。

指揮官走過來，對著他們二人說：「還以爲你們又擅自上山了，沒事就好。」話雖這麼說，卻仍板著一張臉，神情嚴肅緊繃。

「我們沒有亂跑喔，只是在村子外面走走看看而已。」呂明徹怕對方又要像上次一樣，臭罵他們一頓，連忙解釋。

指揮官點點頭，沒說什麼。

剛才去村外找他們的李大哥向他問道：「他們兩個都在這裡，那失蹤的人是誰？」

「我剛才用對講機和出勤的各小隊長聯絡，仔細核對人員名單，確定沒有任何一位隊員落單失聯。」指揮官答道。

「名冊以外的呢？是否有未曾登錄在冊的救難員？」李大哥又問道。

「名冊以外的，只有他們兩個。」指揮官指著蕭呂二人說。

「那就奇怪了，一個人都沒少，那他們看到的人究竟是……」

此時指揮官手中的無線電對講機響起回報聲，他便移動到收訊較好的地方去了，只剩李大哥和蕭世耘等人留在原地。

「李大哥，到底發生什麼事？看你們很緊張的樣子，又有人失蹤了嗎？」蕭世耘問道。

李大哥告訴他們，早上一支前往高山湖搜索的小隊傳來回報，說靠近湖畔的那座森林突然大霧瀰漫，能見度極差；爲了安全起見，眾人決定先行撤退、不再挺進。

行走在冷杉林間時，前方濃霧中出現一個人影，揹著亮橘色大背包、一身登山裝備，看起來十分陌生，不是自己的小隊成員。

他們以爲是當初在湖畔失蹤的劉銘傑同學，大喜過望，連忙追了上去。但就在小隊長伸手要搭住對方肩膀時，那個人卻瞬間消失了，小隊長的手在濃霧中落空，什麼也沒摸到。

現場五名救難員目睹這一幕，頓時傻眼。

他們驚立原地發愣，呆若木雞；不知過了多久，濃霧散去，當空豔陽穿透樹梢，灑落一地斑駁日影。

回過神之後，眾人立刻在冷杉林裡展開搜索，不過什麼也沒發現。

「等一下，他們說看到的那個人揹著橘色背包，而且身上登山裝備齊全是嗎？」蕭世耘忽然打斷李大哥的敘述，如此問道。

「沒錯，那五個小隊成員都是這麼說。」李大哥點點頭。

「阿傑的登山背包確實是亮橘色，但他失蹤的時候，所有登山裝備——包括背包、外套、雨鞋、登山杖、頭燈之類，都遺留在他的帳篷裡。」

「那些救難兄弟有想到這一點，所以特地跑去湖邊的帳篷檢查，發現裡面還是維持原本的樣子，沒有任何人動過的跡象。」李大哥說。

「那……那個出現在森林裡的人，就可能不是阿傑了。」蕭世耘既失望又難過地說。

「很遺憾，應該不是。」李大哥從外套口袋掏出一本袖珍型筆記本翻看著。「根據你們之前提供的資料，劉銘傑同學、姜嘉俊同學失蹤時，身上衣著輕便，甚至鞋子也沒穿，全副裝備都遺留在帳篷裡。連同登山背包一起失蹤的，只有周家德同學，但周同學的背包和防水套都是亮藍色，和救難兄弟看到的不一樣……」

聽到這裡，蕭呂二人終於明白，爲什麼指揮所會認爲是有其他山搜員「失蹤」，而不是「發現」那三位同學的行蹤，因爲特徵不符。

李大哥繼續說道：「奇怪的是，透過對講機一一清點，目前爲止，並沒有其他救難人員失聯。雖然這是好事，表示大家都平安，但那些救難兄弟在霧中看到的，究竟是誰呢？」

「眼花看錯了？」

想不出個所以然的呂明徹，隨口說了一句極不靠譜的話，引來李大哥的大白眼。

「怎麼可能五個人同時眼花，還看到一模一樣的人影？」李大哥黜臭道：「這麼說的話，你那一天跟著不明人影下切深谷、差點墜崖的事，也是眼花看錯了？人家好歹有五個人，你才一個人，你看錯的機率更大！」

「我、我才沒看錯！」呂明徹立刻反駁。他敢發誓自己絕對沒有看錯，而且他看到的也不是什麼不明人影，而是他的好兄弟——蕭世耘無誤！

他深知隨便下切山谷的危險性，如果對方不是蕭世耘，他才不會傻傻的跟著下去。

李大哥不再和呂明徹抬槓，而是換了一種語氣，壓低聲音說道：「不瞞你們說，這座山……好像真的有些古怪。這幾天有一、兩個弟兄私下在講，說半夜起來方便的時候，看到村子裡有奇怪的人影……」

「是什麼人影啊？」呂明徹彷彿感染了這種詭祕的氣氛，也跟著壓低聲音問道。

「據說是看到有支人數很多的隊伍往山頂那個神社的方向走，可是那些隊伍成員腰部以下是透明的，走路就像在飄一樣……」李大哥本身不太相信這類過於弔詭的奇談，不過說著說著，自己竟也無端感到毛骨悚然。

呂明徹聞言，忍不住看向蕭世耘。

「還是不說這些了！說到自己都害怕起來，還怎麼救人。」李大哥換了個話題：「早上村裡的耆老又過來這裡嚷嚷，說那三個失蹤的大學生觸怒了山神，才會被『靈門』攝走，要我們去小山頂的神社那邊找靈媒——呃，他們好像是稱爲祭司——占卜吉凶。」

從一開始到現在，對於他們談論的內容完全不感興趣、百無聊賴地把玩手中芒花的衛綾月這才抬頭看了李大哥一眼。

「你們有去找那個老婆婆占卜嗎？」呂明徹連忙問道，他好想知道占卜結果是什麼。

「雖然『靈門』什麼的，聽起來很荒謬，但有些弟兄覺得寧可信其有，就跑去山頂的神社求祭司占卜，結果碰了釘子。」

「爲什麼？」呂明徹奇道。

「那個被村民稱爲祭司的老婆婆說自己年紀太大了，靈力衰退，已經感應不到神明大人的旨意，即使勉強占卜也不準了。」

衛綾月默默聽著，心想才不是這麼一回事。

奶奶年逾百歲，近來身體狀況越來越不好，靈感大不如前是事實，但不至於連占卜的能力都沒有。之所以不願意幫忙占卜，大概是心知那三名失蹤者早已凶多吉少，再占卜一百次也是白費力氣。

◈

返回半山腰小屋的路上，蕭呂二人不停討論濃霧中乍現的人影。衛綾月和她的狗則緩緩跟在他們後頭，不發一語。

「衛小姐，妳對這件事有什麼看法？」雖然覺得自己的心態很矛盾，蕭世耘仍忍不住停下腳步，詢問對方。

他認爲關於這座山的種種，衛綾月確實了解的比他們多，所以一遇到什麼狀況，他直覺就想請教她，但又不願意全盤信任對方的話——如果完全相信她所說的一切，那就等於承認小周等三人已慘遭不幸的事實——這他無論如何都不能接受。

「你確定要問我嗎？」衛綾月略偏著頭，注視對方。「我說的，一定不是你們想聽的。」

蕭呂二人冀望失蹤夥伴平安無事的心理，她不是不能了解，這幾天她也深切自我反省過，告訴自己不要老是雪上加霜地潑別人冷水，畢竟是人命關天的事；但叫她昧著良心、說一些明知不是事實的假話安慰對方，她仍然做不到。

「沒關係，妳說說看。」呂明徹說道。「反正妳的毒舌我們已經領教好多遍了，不差這一次。」他倒是很想知道對方這次又會說出什麼驚人之語。

「這是你自己說的，如果聽了覺得刺耳，可別罵我。」

「說吧說吧！我已經做好心理準備了！」呂明徹正色說道。

衛綾月遲疑地看向蕭世耘，對方也神色凝重地對她點點頭。

「好吧。其實，我本來已經決定不要再說這種惹人厭的話，不過既然你們一定要問我，那我就說說個人的想法——我認爲今天救難員在霧中看到的，恐怕是第一位失蹤者的『魄』。」

「……魄？」

衛綾月解釋道：「人有三魂七魄，魂歸地府後，七魄仍會短暫滯留人間，以亡者生前記憶中的外貌現形。救難員看到的影像被生人之氣沖犯，立刻就消失無蹤，這也符合『魄』的特性……」

她的意思就是說阿傑已經死了。蕭世耘和呂明徹相視一眼，兩人的臉色都非常難看。

「妳之前就說過他們三個人已經凶多吉少，但是妳又沒有親眼看到，爲什麼這樣肯定？就算人死了，至少也該有屍體吧？」呂明徹說道。

「被『靈門』呑噬的人，不會留下屍體。」

「這眞的太不可思議了，妳有證據能證明『靈門』是眞的存在嗎？如果不能證明『靈門』的眞實性，又怎麼知道失蹤的人都是被『靈門』呑噬？妳不覺得很荒謬嗎？一個虛無飄渺的東西，妳卻說得煞有其事……」呂明徹忍不住說道。

衛綾月沉默許久，「我確實沒有證據，這只是村子裡代代流傳的傳說，你們也可以選擇不要相信。」

從小奶奶就告訴她，這座大山上存在著極度危險的「靈門」，凡是在山上失蹤的人，都是被「靈門」吞噬了。奶奶這樣說，她就這樣相信，因爲她覺得奶奶所說一定是正確的，何況這是靈首村流傳數百年的傳說。

不過，仔細想想，無憑無據的事，她也沒資格規定別人一定要相信。

蕭世耘見氣氛有點尷尬，轉移了話題：「衛小姐，聽說部落的祭司具有占卜吉凶的能力，妳可以爲我們的夥伴占卜看看嗎？」

衛綾月搖搖頭，「我沒有占卜的能力。雖然身爲祭司繼任者，但我不是衛綾家族的人，血脈不純，靈力有限，即使按照奶奶的指導修行了十多年，也沒什麼顯著的效果。」

「原來，『衛綾』才是妳的姓氏嗎？」蕭世耘十分驚訝。「我一直以爲妳姓『衛』，『綾月』是名字……」

而他一直以「衛小姐」稱呼她，對方也沒有予以糾正。

「靈首村的衛綾家族一脈相傳，具有強大的靈感，世世代代擔任部落的祭司或巫師，但到了奶奶這一代，血脈斷絕、後繼無人，只好由和衛綾家族沒有血緣關係的我來接任。」衛綾月苦笑道。

「那妳和妳奶奶的關係是？」

「我是奶奶收養的孩子。」

「難怪妳們兩個年紀差那麼多。妳看起來頂多二十歲，那個老奶奶應該有上百歲了。」

「奶奶今年一百零九歲。她八歲那年接任祭司，至今已經超過一百年了。」

「哇！這也太厲害了！竟然這麼長壽！」呂明徹也忍不住驚嘆。「可惜就是年紀太大了，如果稍微年輕一點，靈力還沒衰退的時候，說不定可以幫我們找人。」

「不可能的。百年來，在這山上失蹤的人不是只有你們的夥伴而已，也有很多人求奶奶占卜，她從來沒出手幫忙過。」

「說得也是。」呂明徹長長嘆了一口氣。「老人家一定比妳更頑固地相信『靈門』的傳說。但只因爲有這個傳說存在，就什麼努力都不做嗎？這樣不對吧！如果失蹤者只是受困在某個地方呢？」

衛綾月默默不語，垂頭若有所思。

九・陳年往事

隔天，一件突發的意外震驚指揮所眾人——

昨日前往高山湖泊搜索、在大霧中看見不明人影的小隊長離奇失蹤了。據說他們爲了搜索方便，當天沒有撤退回指揮所，而是在湖邊紮營，不料凌晨時其他四名隊員就發現隊長消失了。

消息傳回之後，整個指揮所亂成一團，人心惶惶。

吃午飯的時候，蕭世耘以略微顫抖的聲音告訴衛綾月這件事，後者並沒有太大反應。

她早就說過，這座山十分詭異，若是引來救難人員上山搜救，就有可能造成更多人失蹤。不過事已至此，多言無益，她也不想說什麼，只是默默低頭扒飯。

現在三餐都改由蕭世耘準備，他的廚藝很好，即使食材有限，也能做出色香味俱全的料理，不過此時蕭呂兩人顯然都沒有心情吃飯。

他們討論起接下來的搜救行動，計劃不顧指揮官的阻攔，偷偷加入搜山行列。

聽到這裡，衛綾月終於忍不住開口說：「你們就沒有考慮過撤退下山嗎？

繼續搜救，你們也會有危險。」

「可是我們不能丟下失蹤的人不管。」蕭世耘搖搖頭，神情凝重。那位小隊長爲了救人而失蹤，他們於情於理都無法置身事外。

即使造成更多犧牲，也無所謂？她心裡這麼想，但沒說出來。

和這兩個平地人相處的這段時日，她學會了一件事——不能心裡想什麼就說什麼，有些話別人覺得刺耳不愛聽，而有些話說了也沒用，不如不說。

「對了，妳的狗可以借我們嗎？」呂明徹突然問道。

「借你們？」突如其來的請求，令衛綾月感到困惑。

「聽說狗的嗅覺比人類靈敏許多，要是加入搜救一定可以……」

呂明徹對狼犬的搜救能力顯然充滿信心，但一語未完，衛綾月立即搖頭——

「不行。除了我之外，塔塔不會服從任何人的指令，就算借給你們也沒有用。」

「那隻狗只聽從妳的指揮？那簡單，妳一起來協助搜救就好了。」

「我？」對於呂明徹順理成章似的要求，衛綾月大爲驚訝。「我爲什麼要幫你們？」她認爲這完全不干她的事。

一旁的蕭世耘也覺得呂明徹得寸進尺的要求未免過分，連忙使眼色制止他，不過對方完全視若無睹。

「這不是在幫我們，這是人道救援。妳對這座山既然這麼了解，又是部落祭司預備役，要是妳願意伸出援手，說不定有機會可以救回那些人。」

「人道救援？」她不以爲然地說：「你所謂的人道救援，在我聽來只是道德勒索。又不是我強逼那些人上山，憑什麼要我爲他們自己的選擇負責？」

「妳這樣說也太冷漠了。」呂明徹搖搖頭。「我並不想用什麼仁義道德的大帽子扣在妳頭上，只是我覺得有能力救人的人，不應該置身事外。」

「很遺憾，我並不是你所謂的『有能力』的人。昨天我就說過了，雖然身爲下任祭司，但舉凡驅鬼、占卜、施術、詛咒、禳福這類巫師應該具備的基本技能，我是一項也不會，不要太高估我。」爲了杜絕對方那不切實際的期待，她話說得相當直白。「況且，我也不是專業的救難人員，協尋失蹤者的事，我愛莫能助。」

由於她是現任祭司收養的孩子，非衛綾家族直系血脈，並不具備天生的靈力和靈感，即使透過後天努力不懈的修行，目前所習得的能力，也僅僅只有偶爾聽見神明的聲音，以及略曉鳥卦鳥語而已。

「妳這女人好冷血無情……」

「阿徹！夠了！」蕭世耘認爲這話實在太傷人，當即出聲喝斥呂明徹。「我們已經給衛綾小姐添了很多麻煩，不應該這樣強人所難。」

衛綾月丢下吃了一半的午餐，站起身。

「我覺得，明知山上很危險，還硬是要把更多人拖下水的行爲，比較自私冷血吧！」她冷著臉說完後，逕自離開小屋。

正想前往神社找奶奶，忽然聽到陣陣淒厲的哭聲，似乎是從背後村落的方向傳來。

轉身一看，遠遠可見公廨前的廣場聚集了一些人群。

村裡發生什麼事了？

她不遑細想，連忙三步併成兩步跑下石梯，前往公廨。

還沒走到目的地，就聽到廣場上哭聲震天，撕心裂肺的哭法令聞者心驚膽跳。

難道是部落的老人家過世了嗎？這是她唯一能想到的可能。然而如今村裡僅剩的長者多半是獨居老人，即使不幸往生了，也沒有人會爲他們哭得這樣傷心。

懷著驚疑不定的心情，她跑到公廨前廣場，只見兩名未曾謀面的中年女子坐在地上嚎啕大哭，一旁勸慰她們的人們，同樣令她感到陌生。

「怎麼了？這些人是誰？」她向周圍湊熱鬧的幾位長者打聽。

老人家告訴她，那兩位中年婦女，分別是其中兩位失蹤大學生的母親，由於擔心自己的孩子，特地上山來到這裡等候消息。在聽到救難人員說，那三名大學生失蹤時間已超過七天，恐怕生還機會渺茫時，她們就再也忍不住地放聲大哭。一旁垂淚勸慰的那些人，則是他們自己的親友。

她們痛哭嘶喊的聲音，彷彿是被獸鋏夾住四肢的野獸悲鳴一樣，聽起來是那樣的絕望和不甘，令衛綾月深受震撼，並恍然有種似曾相識之感。

似乎在很久很久以前，她也曾這樣絕望地痛哭過，像一頭受傷的小獸……

此時蕭世耘和呂明徹也聞聲趕來現場。

那兩位中年婦女一看到蕭世耘出現，立即從地上爬起來，朝他撲過去，雙手緊緊攥住他的衣服。

「我的孩子呢？為什麼你好好地站在這裡，我兒子嘉俊卻不見了！你說！為什麼！為什麼！」

「你為什麼要帶阿傑來這裡？你把阿傑還給我！」

面對兩位傷心欲絕的母親的責難，蕭世耘心中愧悔難當，淚流滿面地朝她們兩人跪下。

然而，兩位母親的悲痛不是區區一跪就可以減輕，她們仍舊不依不饒地揪住他，猛力搖晃，吶喊著要他把她們的孩子交出來。

身旁的人試圖阻止她們近似瘋狂的舉動，卻徒勞無功。

衛綾月不忍心看她們失控痛哭的樣子，也不忍心看蕭世耘狼狽不堪的樣子，於是默默轉身離開。

◈

如果失蹤者只是受困在某個地方……

夜裡，衛綾月躺在床上，遲遲無法成眠。呂明徹曾經說過的話，迴盪在她腦海。

「靈門」……是眞實存在的嗎？一旦有人在山上失蹤，就認定是「靈門」吞噬，完全消極地放棄搜救，這是正確的嗎？

根深蒂固的老舊信仰，會不會讓他們錯失了些什麼？

「靈門」傳說由來已久，但終究沒有人親眼見過。

其實，她並不像其他靈首村民一樣，僅憑一個未經證實的傳聞，就肯定「靈門」是眞實存在；不過，從小奶奶就告訴過她，凡是在這座山上失蹤的人，永遠也找不回來，她對此倒是深信不疑，因爲奶奶不可能說謊騙她。

但，爲什麼永遠找不回來呢？如果「靈門」只是虛幻不實的鄉野奇譚，什麼原因導致那些人在這座山上失蹤，而那些失蹤的人又到哪裡去了？

凡事無絕對，如果認眞搜索，會不會有尋回的可能？

這些從來未曾想過的問題困擾她許久，令她輾轉反側。

直到深夜，好不容易睡著了，夢中卻也不能安穩。

她看見一道輕灑在冬日小溪上的暖陽般的光芒，光芒中隱約有一個人影，對著她反覆說話。

感覺得出來，對方很努力地想告訴她什麼，無奈她聽不清楚，只聽得到一些零碎的詞彙，諸如「靈門」、「禍世」、「復生」、「樹靈」之類的。

就跟她在神社修行時的情形一模一樣，無論她耗費多少時間潛心修行，依舊聽不明白神明大人的指示。

究竟說了什麼？既然有話要說，爲什麼不說大聲一點、說清楚一點？說得這樣斷斷續續，到底誰聽得懂？

她逐漸煩躁起來，大步上前伸出手，想抓住對方，卻意外抓到一團長滿毛髮的東西，有些扎手的粗硬觸感使她從煩擾的夢中清醒。

睜眼一看，一條棕黑色的大狗就趴在床上，碩大的狗頭朝向她這邊，鼾聲如雷。

「原來是塔塔。」

從小飼養的狼犬有時會跑來她床上，所以她也習慣了，而且她很喜歡抱著牠一起睡。

除了收養她的奶奶之外，塔塔是她唯一的親人和朋友。奶奶身爲部落祭司，為了自身的修行，長年離群索居，也不允許她經常前去打擾，只有塔塔陪伴獨自住在半山腰小屋的她長大。

「塔塔，你覺得……我應該幫忙搜救嗎？」她輕撫著狼犬的大狗頭，喃喃自語似的說。

◈

隔天早上，她起床的時候，蕭呂二人不在客廳，登山裝備也不見了。

客廳的木桌上，放著一份用保鮮膜覆蓋的蔥油餅，盤子下面壓著一張字條，是蕭世耘留下來的，內容簡單的表示他們上山幫忙搜救了，蔥油餅是他出門前煎好的，留給她當早餐。

她坐下來咬了一口，發現麵皮早已涼透，可見兩人已經出門很久了。

雖然冷掉的蔥油餅還是很好吃，但她現在一點胃口也沒有，於是端起盤子，拿到門外。

當她坐在緣廊上餵狗時，看到昨天那兩位中年婦女及她們的親友，在部落長者的帶領下，往山上神社的方向走去。

那位帶路的人，是長年負責供養部落祭司的族老——阿碧。

她們大概是要去找奶奶協助占卜的吧？衛綾月心裡這樣想。等到塔塔吃完蔥油餅，她就立刻跟了上去。

她看到那些失蹤者的家屬跪在奶奶的小屋前，一邊哭一邊磕頭；帶他們上來的部落長者阿碧也在旁勸說，但閉目趺坐的奶奶就像一座石雕，完全不爲所動。

過了許久，那些人見跪求無效，也只得像來的時候那樣，啼哭著離去。

大家都離開後，她走向奶奶的小屋。

「奶奶，昨天山上又有一個人失蹤了。」

老婆婆依舊維持打坐的姿勢，沒有任何反應。

對方的態度早在衛綾月意料之內，她也並不奢望奶奶會針對此事提供什麼意見。

「我覺得那些人很可憐——我是說失蹤者的家屬。如果……我上山幫他們找人，可以嗎？」由於她自己心裡也還在猶豫，所以問得相當遲疑。

不管是攀爬哪一座山，她認爲登山活動原本就具有高度危險性；那些登山者既然無視山的危險而執意往山上跑，就算因此罹難，那也是求仁得仁，不需要別人的同情。但他們的親友卻要承受生離死別的折磨，這種失去至親的悲痛，也許一輩子都忘不了。

看到那些人痛哭的樣子，她希望自己多少能幫上一點忙，因爲她昨天忽然意識到，那些她認爲是咎由自取、不値得援助的失蹤者，卻是他們父母親友心中無可取代的重要存在。

對於失蹤者，她可以置之不理，但無法漠視那些家屬的痛苦。

當然，她完全不認爲自己有辦法找回失蹤的人，但至少曾經嘗試努力，能讓自己免於良心苛責。

聽到衛綾月這樣詢問，老婆婆這才睜開白矇老耄的雙眼。

「沒有用的。」她看了衛綾月一眼，緩緩搖頭。

「是因爲『靈門』的關係嗎？奶奶，從很久以前就流傳在部落的『靈門』傳說，是眞實的嗎？如果『靈門』眞的這麼危險，爲什麼不設法將它封印，讓它不能再害人呢？」

老婆婆平靜無波的面容明顯出現一絲異樣，臉上深刻的皺紋看起來像似因風而起的漣漪。「孩子，妳不該有這種想法。」

「爲什麼？巫師和祭司的職責，不就是爲了守護生活在這片山林的人們嗎？」

「等妳繼任祭司，接掌衛綾家族代代傳抄的靈首之書，也許就會明白。」

衛綾月神情微變，「那我寧可永遠都不明白。」

靈首村的祭司之位生死相繼，等前任祭司過世之後，才能由繼位者遞補。所以她的接任，就意味著奶奶的死亡。

她知道凡人必有一死，年事已高的奶奶終究不能例外，不過她還是由衷祈禱那一天不要到來。

和她相依爲命的奶奶要是不在了，這世上就只剩她孑然一人了……

◈

兩天後，山區下起雷霆暴雨，雨勢持續甚久，雷鳴陣陣，終日響徹天際。

蕭世耘和呂明徹兩人萬分狼狽地回到半山腰的小木屋，雖然穿著雨衣，卻還是全身濕透。

看他們臉上的表情，衛綾月就知道搜索無果，也懶得多問，只連連催促他們快去洗澡，別把她的地板弄濕了。

蕭世耘洗過澡，很自動自發地進廚房準備晚餐。

三人一起吃晚飯時，呂明徹率先開口對她說：「那個……前幾天對妳說了那些失禮的話，我很抱歉！」

衛綾月驚訝得差點把筷子掉在地上，她難以置信地盯著呂明徹。

「……你的腦子被大雨淋壞了？還是卡到陰？在山上被鬼怪奪舍了？」

她不敢相信眼前這個經常口出惡言的人，居然會主動向她道歉！

「妳說話就不能好聽一點嗎？」呂明徹沒好氣地說。

「你幹嘛沒事向我道歉，講這種話，一點也不像你本人。」

「沒什麼啦……只是我覺得自己過分了。」

其實，那天在指揮所，他和蕭世耘聽部落的老人談起衛綾月的身世。

他們說，衛綾月的雙親都是考古工作者，十二年前為了研究村外的史前遺址而來到此地，卻意外失蹤，只留下她和一隻初生不久的小狼犬。

當時衛綾月年方八歲，一夕之間變成孤兒，又沒有其他親戚可依，後繼乏人的現任祭司才會出面收養她。

「我不應該說妳冷血無情，也不應該要求妳協助搜救，以後我不會再強迫妳了。」

呂明徹心想，衛綾月的雙親在這座山上失蹤了十二年之久，至今仍下落不明，難怪她對於搜救行動一直抱持消極的態度，或許是因爲這些事觸動她腦海中不好的回憶了吧？

十・魂驚魄惕

凌晨風雨暫歇，經過短暫休憩後，蕭呂二人整頓好登山背包和必要裝備，準備再次前往阿傑和小隊長失蹤的湖畔尋人。

正要出門，只見衛綾月揹著一個背包，左手拎著小袋子、右手提著運動鞋，從自己的房間走出來。

「這麼早，妳要去哪裡？」蕭世耘好奇地問道。原以爲她又要去神社修行，但仔細看她的裝扮，像是要出遠門。

「跟你們一起上山。」

「妳……妳的意思是……」呂明徹張大了嘴巴，表情十分震驚。「要、要、要幫我們找人嗎？」

「那麼驚訝幹嘛？中猴喔？」衛綾月白了他一眼，率先走出屋外。

像早已知道主人要出門似的，塔塔端坐在斜坡石階上等候著，一看到她，立即興奮地搖著尾巴迎上前。

衛綾月伸手摸了摸牠的頭，「塔塔，一起去吧！」

下石梯時，蕭呂二人小心翼翼地跟在她和塔塔後面。

因爲天色未明，僅能靠著頭燈的光線照明，加上四周夜霧籠罩，能見度不高，不得不戰戰兢兢、步步為營。

「其實，妳可以不用跟我們一起去的。連山搜經驗豐富的小隊長都失蹤了，到現在還找不到人，那裡可能有危險……」呂明徹訕訕地說。

之前衛綾月置身事外，淨說風涼話、只會潑冷水的態度，讓呂明徹非常不滿；但如今她要主動協助搜救，他反而過意不去。

「衛綾小姐，我也覺得妳不要冒險比較好……」蕭世耘不願連累對方，一開始就沒打算將她牽扯進來。

現在日日要面對失蹤夥伴家屬的究責，令他背負極大的精神壓力和愧疚感，他暗自立誓非要把人找回不可，但仍舊不想牽連對他有救命之恩的衛綾月。

「不要婆婆媽媽、囉哩囉嗦的。」衛綾月不耐煩地打斷他們兩個的話。

走到公廨前燈光較明亮的地方，她停下腳步，從小手提袋中取出兩條樹皮編織而成的手鍊，分別綁在蕭呂二人手腕。

「這是什麼東西？」呂明徹高舉手臂，藉著從指揮所透出的光線，仔細研究。

「用山芙蓉樹皮編的幸運繩，有驅邪的效果。」她說著，又從小袋子取出兩串看起來很像項鍊的東西，叫他們戴在脖子上。

那項鍊是用五彩絲繩將一小塊一小塊不規則形狀的木頭串成一圈。

「這又是什麼？」呂明徹拈在手上捏了捏，感覺木塊似乎還濕濕軟軟的，尚未完全乾透。

「菖蒲根。菖蒲可以除邪祟。」

「這種東西真的有用嗎？」比起雖然不見得相信這些、但仍乖乖戴上菖蒲根項鍊的蕭世耘，呂明徹臉上寫滿更多質疑。

「總比什麼都沒有好。」衛綾月把空袋子塞回自己的後背包，繼續往村外的方向走。「你也可以不要戴，到時候被鬼抓走，看我會不會理你。」

呂明徹拎著那串菖蒲根項鍊，面露為難地看向蕭世耘。

雖然是爲了保平安用的，但脖子上戴著這串怪東西，他總覺得有點荒謬。

「我看過有些部落的祭司和巫師也會用這些植物來驅除附身的邪靈，例如鄒族和賽德克族。既然他們都這樣做，應該是有道理的，你就戴上去吧！」

「好吧！」聽蕭世耘這樣說，呂明徹只得學他那樣，將項鍊綁在脖子上。

「以一個平地人來說，你知道的倒是不少。」走在前方的衛綾月說話時仍舊腳程飛快，沒有回頭。

蕭世耘回答道：「我是歷史系的學生，研讀台灣史時，多少有接觸過原住民的文化。對了，有件事想請教衛綾小姐……」

「跟我奶奶一樣叫我阿月就好，不要叫我衛綾小姐，也不要叫我衛小姐，聽了很彆扭。」衛綾月對這些怪裡怪氣的稱謂忍耐多日，終於忍無可忍。

「好，阿月，你們是哪一族的人呢？」蕭世耘從善如流，接著問道。

「靈首村不屬於任何一個氏族。從很久很久以前，靈首村的先人在這裡落腳之後，此地就自成一個聚落。」

「原來如此。」蕭世耘理解地點點頭。

台灣原住民族群眾多，即使是經年累月生活在同一區塊、被視為同一種族的人們，往往也能由語言間的歧異再細分出其他族群，所以自成一脈的情形並不罕見。

「那你們所使用的語言，也一定和其他部落不一樣吧？我聽過妳和那個祭司老婆婆的對話，雖然完全聽不懂，可是覺得很奇特。妳可以說一段讓我聽聽看嗎？」呂明徹央求道。

衛綾月不置可否，望著夜色籠罩的遠處山影，隨意用族語說了一小段話。多音節的奇異聲調在山間薄霧中迴盪，有如穿越時空而來的古老咒語，令人不禁毛骨悚然。

蕭世耘豎直耳朵仔細聆聽，覺得這種語言頗爲怪異，乍聽以爲與島上普遍流傳的台灣南島語系出同源，但多複輔音和彈舌音的特色，似乎比較接近漢藏語系中的上古漢語。

爲了確認這一點，蕭世耘向衛綾月請求道：「可以請妳用這種語言從一說到十嗎？」

衛綾月雖感到莫名其妙，不過並沒有拒絕。

蕭世耘驚異地發現，從衛綾月口中說出的一到十發音，竟與現代語言學家以上古詩韻及中古漢語倒推構擬的秦漢古音高度相似。

這不可能吧！經過中古漢語和近代漢語的演變，上古漢語早已消失千餘年，怎麼可能至今還有人在使用這種已經死亡的語言？或許只是湊巧，有幾個語彙發音近似？蕭世耘心裡這樣想，遂要求衛綾月多說一些她們的族語。

聽著聽著，不知爲何，竟不自覺回想起那天在湖畔聽到的詭譎人聲。

相隔這段時日，其實他已記不清當時聽到的怪異話語，但如今卻莫名覺得和衛綾月所用族語有些相似之處，特別是那種在風中強烈顫動、讓人起雞皮疙瘩的彈舌音……

不過，或許是自己過度聯想了。由於兩種語言對他來說同樣陌生，才會產生這種錯覺……

「別唸了別唸了！上一次白天聽妳和老婆婆說話的時候還不覺得怎樣，現在聽起來好毛啊！活像古時候的巫師在唸什麼咒語……」呂明徹搓了搓手臂上泛起的疙瘩。「這種奇怪的語言會不會引來鬼怪啊？」

「好問題，我試試看？」

「不必！不必！」呂明徹連忙搖手。「這裡已經夠可怕了！」

三人正行經村外的墓葬遺址，此時雲散月明，在月光的映照下，地面裸露的灰白色石棺清晰可見，一縷一縷氤氳白煙自那些石板冉冉冒出。

「那是什麼？」呂明徹驚訝地指著遺址凹陷處。

「只是霧氣而已。」衛綾月看也不看地說，快步通過此地。

天亮之後，三人一狗魚貫地行走在一條平緩開闊的寬稜上。這條稜線視野良好，沒有任何足以遮蔽視線的樹木，地面只匍匐生長著懸鉤子、台灣小蘗等低矮植物。

此處距離冷杉林湖畔大概還有兩個小時的路程。爲了補充體力，三人坐在路邊的大石頭吃一些行動糧。

衛綾月從背包拿出幾個用月桃葉包裹的圓形粿粽，分別遞給他們兩人。

呂明徹面有難色地接過來。他對衛綾月的料理手藝向來是不敢恭維，不過想到這是對方好意爲自己準備，不應該表現得過於嫌棄，只好像蕭世耘那樣，立刻打開來吃。

散發清新香氣的月桃葉裡還有一層假酸漿葉，包裹著以鹹豬肉和樹豆爲餡的小米粽。幸好味道還不算難吃。

正吃著，忽然看到前方不遠處有一個人影，緩緩朝右側的懸崖邊走去。

「那是誰啊？怎麼只有自己一個人？」呂明徹直覺認爲是搜救隊的成員，不過搜救隊編制至少是兩人一組，不可能會有一人落單的情形。

「也許其他隊員在附近吧，可是一個人獨自行動滿危險的，那邊再過去就是懸崖，萬一失足滑落就糟了。」蕭世耘快速吃完手上的粿粽，拿起登山杖起身。「我過去看看。」

「我也去看看。」呂明徹把粿粽一口塞進嘴裡，對正在餵塔塔喝水的衛綾月說：「妳在這裡等，我們看看那個人是誰就回來。」

蕭呂二人加快速度跟在那人後面，只見那人走到懸崖邊就蹲了下來，做出一個探頭往下看的動作。

蕭世耘唯恐自己貿然靠近會害對方受到驚嚇，於是在距離懸崖邊緣約五公尺處止步。

「懸崖下面是不是有什麼東西？」呂明徹壓低聲音問蕭世耘。

「不知道，等他走回來再問他。」

兩人就這樣站在原地等候。然而懸崖邊的人似乎完全沒有起身的打算，一逕蹲在崖邊，像尊木雕一樣，動也不動。

呂明徹等到腳都痠了，漸漸不耐煩起來。「他是還要看多久啊？該不會蹲太久了，腳麻站不起來吧？」

「看起來不像，對方似乎很專心地在觀察什麼，我們再等一下，先別打擾他。」

又過了十多分鐘，呂明徹已經徹底失去耐心，不顧蕭世耘的阻止，對懸崖邊的人喊道：「你在看什麼？發現什麼線索嗎？」

他認爲自己喊得夠大聲了，不過對方好像沒聽到似的，毫無反應。

蕭世耘見狀，也覺得有些不對勁，於是對那人喊道：「前面的朋友，是救難隊的人嗎？」

對方仍然沒有回應，依舊維持向懸崖下方探視的姿勢。

蕭呂二人相視一眼，決定上前查看。

他們走到那個人旁邊，只見對方穿著色彩鮮明的登山外套，揹著同樣鮮豔的大背包，年紀大約四十歲左右，看起來有點面熟，應是曾經在指揮所見過的人，不過一時想不起來是哪一位隊員。

那人對蕭呂二人的靠近沒有反應，雙眼直直瞪視懸崖下方，神情十分凝肅。

蕭呂二人仿效他的動作，也蹲低身子，低頭往下看，看到崖下深約五、六公尺處，有一塊巨石突出於峭壁，狀若平台，有一個人倒在上面，身體看起來是呈現向下俯臥的姿勢，臉孔卻是朝上，從他們所在的位置可以清楚看到對方面容，顯見頸椎一百八十度拗折扭轉，早已氣絕身亡。

「啊！」呂明徹驚叫一聲，「要、要、要趕快通報……」

他連忙起身，忽見蕭世耘整個人癱倒在地，雙手緊緊摀著嘴巴，臉上爬滿驚恐。

「怎麼了？」呂明徹連忙問道。

蕭世耘一時說不出話，顫抖不已的手指著旁邊的人。

呂明徹仔細一看，身旁那個兀自維持蹲姿的人，竟和懸崖下的死者長得一模一樣。

那人此時開始有了動作，軀體紋絲未動，頭部卻如同貓頭鷹般頸椎異常扭曲地緩緩轉過來，面無表情地望著他們。

呂明徹嚇得驚聲怪叫——若是平時，他一定會為自己窩囊的慘叫聲感到羞愧，但當下完全顧不了那麼多。他想拔腿就跑，兩隻腳卻怎樣也動不了，不知是由於心底湧出的恐懼麻痺了四肢，或是有其他不可抗力的因素。

對方的頭顱與肩膀呈現極不自然的角度，且維持這樣怪異的姿勢站了起來，兩隻手臂耷然下垂，隨著動作發出宛如傀儡般「喀啦」、「喀啦」聲響的身體逐漸轉正，似乎想朝他們走過來。

呂明徹除了不斷發出慘烈的叫聲之外，此刻什麼事也做不了，甚至連腦袋都失去作用，無法思考對方的意圖。

癱坐在地的蕭世耘心知眼前這個一定不是人類，但因過度驚嚇而發軟的肢體無法做出絲毫反應，只能瞪大眼睛看著對方以僵直的步伐，一步一步朝自己逼近。

忽聞耳邊響起陣陣狗吠，渾厚的吼叫聲震天動地，幾乎要穿透他的耳膜。眼前的怪異人影霎時應聲而散，有如輕煙消逝。

蕭世耘轉頭一看，巨大的狼犬就站在不遠處，威風凜凜的身形後方佇立著一個異常高大的白色人影，但因背光而看不清面目。

那是誰？他眯起眼睛細看，卻只見亮晃晃的日光灑落在狼犬黑褐色的皮毛上，熠熠生輝。

是他眼花看錯了嗎？但之前好像也曾經看過類似的巨大身影……

衛綾月揹著背包緩緩走過來，拍了拍兀自張大嘴巴、卻宛如石塑木雕一般靜止不動的呂明徹。

連拍了數下，對方這才回過神，抬頭看著衛綾月，表情十分驚恐，「剛、剛才，那是什麼？」

「那是『魄』吧。人死後暫時殘留世間的靈體。你們可能有同伴罹難了。」衛綾月以平靜的語氣說，眼神卻透露著哀憫。

蕭世耘聽她這麼說，猛然想起在懸崖下平台看到的景象，連忙跪爬到崖邊確認。

他希望剛才看到那摔落在平台上的死者僅僅只是幻影，也隨著崖上人影消失了；遺憾的是，穿著鮮明登山外套的遺體清楚地映入眼簾，不論用力眨了幾次眼睛，依舊歷歷在目。

「我們回去通報指揮所。」蕭世耘哀傷地說，憑藉兩條仍不斷在發抖的腿，艱難地站起身。

他不認得死者，確定不是登山社的那三位夥伴，但很可能是山搜隊的成員之一。不論如何，當務之急是先行通報。

「不用回去。」衛綾月說道。

息傳回去。」

「爲什麼？」蕭世耘驚訝地看著她。

她從背包拿出一支對講機遞給他，「聯絡附近區域的救難隊，讓他們把消

「妳爲什麼會有對講機？」

「我告訴指揮所那些人，我要幫忙搜救，他們就把這個東西借給我了。」

「他們這麼簡單就讓妳加入搜救，還給妳對講機？有夠大小眼的！我們說要參與救援時，他們卻不讓我們幫忙，還罵我們只會找麻煩、添亂、越幫越忙！」呂明徹感到忿忿不平。

「也許他們只是說出事實吧。」衛綾月語帶嘲諷地說，轉身摸了摸狼犬的頭。「走！不要浪費時間了。」

十一・荒林鬼聲

三人繼續朝登山社員劉銘傑和搜救隊小隊長失蹤的那片森林前進。

或許是對剛才的驚嚇心存餘悸，一路上蕭呂二人格外沉默。

正午時分，三人終於來到海拔接近三千公尺的冷杉林邊緣。

此時雖然日正當中，但因林木過於濃密，裡面看起來幽幽矇矇，陰氣森然。

他們決定先在林外用餐，吃飽再進行搜索。

蕭呂二人雖然完全沒有胃口，但為了維持體力，只得食不知味地把飯糰和麵包往嘴裡塞。

吃到一半，從對講機裡傳來一則駭人的消息——

在他們透過對講機發出有人墜落懸崖下方平台的訊息後，附近的警消人員立即趕赴現場。經過其他救難隊員指認，證實墜崖身亡的人，正是日前失蹤的小隊長。

聽聞這件事之後，呂明徹震驚到吃了一半的飯糰脫手掉落，衛綾月連忙伸手接住。

「是小隊長？怎麼可能！」蕭世耘難以置信地說。

當初搜救隊通報小隊長失蹤的地方，是在眼前這片廣袤的冷杉林深處，與發現遺體的地點至少相隔三小時路程。不管怎麼想，小隊長都沒理由自行脫隊跑那麼遠！

如果小隊長在冷杉林落單之後，還能下切行走三個小時以上的路程，表示當時並沒有遭遇立即的危險，爲什麼不用身上的無線電對講機和衛星電話與其他救難人員聯絡？

即使這些現代科技配備都失靈了，無法向外求救，身爲小隊長的人，必定也知道留在原地待援遠比自己亂跑來得更安全。而且，在有其他隊員的情況下，一個人脫隊是登山大忌。

是什麼原因促使他獨自走了那麼遠？

「不合理，這不合理！」呂明徹說。「連我都知道在山上脫隊時要原地待援，山搜經驗豐富的小隊長怎麼可能不知道？他一個人想走去哪裡？」

蕭世耘搖搖頭，自己也沒有頭緒。

他有想過，小隊長會不會像當初的他一樣，在發現隊友都不見了、衛星電話又碰巧故障之時，倉皇失措得急著下山求援呢？這就能說明爲什麼小隊長會選擇獨自離開冷杉林。

然而小隊長的情況和他們當初完全不同。如今山上聚集了這麼多登山好手、山搜專家，救難隊的搜索力道又集中於這片冷杉林，顯然留在原地遇到人的機率更大。

他實在想不出小隊長有什麼理由必須自行冒險下山。

衛綾月把呂明徹吃到一半掉下來的飯糰餵給塔塔，餵完之後，抬頭問他們兩個：「如果你們是那個小隊長，在這片森林和隊友失散了，會怎麼做？」

「當然是馬上用無線電和衛星電話求援！小隊長身上一定有這些配備。」呂明徹立刻說道。

「要是沒有訊號呢？」

蕭世耘略微思考了一下，「我會撿松樹枝製造狼煙，松樹枝燃燒產生的煙霧很大，在附近執勤的黑鷹直升機一定會發現。」

「連你們都知道的事，那個小隊長卻沒有這樣做，反而採取最危險的做法，也許當時他是身不由己。」衛綾月說著，拿起水壺喝了一口水，順便餵了塔塔一些。

「身不由己？」

蕭呂二人同時驚訝地望向她。

「可能他……」衛綾月略微遲疑了一下，改口說道：「沒事。」

蕭世耘看出她的欲言又止，似乎原本想說些什麼；但對方既然不願直言，他也不便追問。

「不說就算了，反正八成沒好話。不過，妳沒發現有一件事很奇怪嗎？」呂明徹說。

「什麼事？」

「妳之前不是說過，在山上失蹤的人都是被靈門吞噬，連屍體都找不到嗎？但現在卻發現小隊長的遺體，這妳怎麼解釋？」

衛綾月神色微變，頓時陷入沉思。許久之後，她說道：「我沒有辦法解釋。坦白說，靈門是不是眞實存在，我無法肯定，但以前失蹤的那些人，連屍體都找不到是事實……」從小奶奶就曾多次這樣告訴她，而奶奶是不可能會說謊騙人的。

「是沒有找，還是找不到？」

「這話是什麼意思？」

「會不會是因爲你們村子的人相信靈門傳說，一旦有人失蹤就牽拖靈門作祟，根本沒有認眞去找尋失蹤者呢？」

衛綾月的臉色瞬間刷白，「這怎麼可能！這樣做對我們村子的人有什麼好處？我們怎麼可能放生失蹤者……」

「不可能嗎？一開始妳不就勸我們別找了？」

「我……」衛綾月一時語塞，過了好一會兒，才又抗辯道：「我勸你們放棄，是因爲我知道這座山非常詭異，擔心會造成更多無辜的人犧牲，就像現在這樣！如果不是爲了尋找你們的夥伴，那位小隊長會死嗎？」

一旁的蕭世耘不自覺垂下了頭，心裡十分難過。雖然他一直沒有說出口，但他確實也認爲小隊長的死，自己難辭其咎。

如果一開始，他沒有規劃這個登山行程就好了，那這一切就不會發生……

衛綾月察覺蕭世耘低落的情緒，連忙說道：「我……我的意思……不是說這是你的錯，你想找回自己的同伴，我可以理解，只是……你們外地人不明白這座山的可怕之處……」

「更可怕的是冷眼旁觀、見死不救的人。」雖然不是針對衛綾月，呂明徹忍不住這樣說。

「我們沒有見死不救！」

「妳的奶奶拒絕爲失蹤的人占卜、村民反對救難隊上山搜救，這不都是見死不救？說難聽一點，那些村民整天在指揮所外面危言聳聽，根本就是落井下石！」

「你懂什麼？占卜就有用嗎？如果占卜有用，我爸媽怎麼會在這裡失蹤十二年，連屍體都找不到？」提及自己下落不明的雙親，衛綾月微微紅了眼睛。

呂明徹本來還想回嘴，蕭世耘伸手按住了他。

「別再說了，現在不是吵架的時候。我們快點找人吧！盡快把小周他們找回來，就不會再造成其他人的犧牲。」他深吸一口氣後說道。聲音聽起來微微顫抖，但語意堅定。

事已至此，再多的自責、悔恨都沒有用了，努力找人是他目前唯一能做。

呂明徹稍稍冷靜了一下，大概也意識到自己剛才情緒太激動，說了一些不該說的話，於是率先向衛綾月道歉——

錯。

「對不起，聽到小隊長的死訊，心情很差，遷怒到妳身上，是我不對。」呂明徹雖然情緒控管較不好，經常心裡有什麼就說什麼，但一向勇於認錯。

衛綾月一時沒有應答。

她輕咬下唇，沉默了許久之後，無聲地嘆了一口氣。「算了。或許你剛才說的，不完全錯。」

看到失蹤者的母親跪在奶奶面前磕頭拜求，奶奶卻無動於衷的樣子，其實她心裡也隱隱覺得太冷漠了。

就算占卜不一定對搜救工作有所幫助，但如果這樣就能安慰心焦如焚的家屬，何必吝於援手呢？

不過，她想奶奶可能也是擔心萬一占卜結果不吉，反而會讓家屬陷入沮喪，所以才拒絕幫忙的吧？

◈

三人腳下踩著厚厚堆積的松針，行走林間。

冷杉林外陽光晴好，樹林裡卻是幽暗陰森，四處瀰漫著冰冷的白色濃霧。

數日以來，蕭世耘曾多次進出這座森林，總覺得此處透露不可名狀的詭異氣息，越深入其中，越是渾身不對勁。流動的霧氣屢屢自身邊掠過，彷彿無數隻透明的手在輕拂著。

他抬頭看了一眼走在前頭的衛綾月，見她一臉滿不在乎的樣子，似乎不受影響。

「阿月，妳以前來過這裡嗎？」他好奇地問。

「沒有，這裡離村子很遠，但我知道這個地方，從小就聽村裡的人說過，這裡是禁地，一旦靠近就會有不好的事發生。」

「那些日日聚集在指揮所外的村民們也是這樣說。這是真的嗎？」

「相傳在很久很久以前，曾經有很多上山打獵的村民在這一帶失蹤，屍骨無存。有的說那些人是被靈門吞噬，有的說是被山神詛咒，眾說紛紜。那麼久以前的傳說，詳細情形我也不清楚。不過，既然已經來到這裡，就別想這些了。」

衛綾月帶著塔塔來到蕭世耘他們當初紮營的湖畔，一頂橘紅的單人帳篷孤零零地立在那裡，四周拉起黃色的封鎖線。

「這就是你們其中一位夥伴失蹤的地方吧。」她立在封鎖線外打量那頂帳篷。

塔塔不待主人下達指令，高大的軀體逕自從封鎖線下方鑽了過去，嗅了嗅帳篷四周，接著轉向衛綾月，輕吠一聲。

衛綾月頓時眼睛一亮，「塔塔，你有線索？」

塔塔又吠了一聲，轉身朝一個方向走去。

衛綾月連忙招呼其他二人跟上。她一邊走，一邊拿出指南針確認此時的行進方向，是正北方。

本以為在塔塔的帶領之下，很快就能找到失蹤者所在，不料塔塔引著他們越走越遠、越爬越高，一逕從午後走到傍晚，都沒有停下。

即使是衛綾月體力這麼好的人，長時間行走在沒有路徑的崎嶇荒林，也有些吃不消。

顧慮到天黑後在山上行動風險大增，加上身體的疲憊，衛綾月讓塔塔停下來，暫時在冷杉林裡紮營過夜。

由於衛綾月沒有帳篷，蕭世耘便把露營配備讓給她，自己則和呂明徹將就擠一頂單人帳篷。

一整天行軍似地走下來，蕭世耘也很累了，但仍熱心地幫衛綾月搭好帳篷，並升起篝火，用背包裡的調理包弄了一鍋肉醬義大利麵給眾人當晚餐。

「這隻狗——塔塔，眞的知道阿傑在哪裡嗎？」呂明徹坐在篝火旁，一邊唏哩呼嚕地吃麵，一邊問道。

「當初是你要牠來幫忙的，現在你又不相信牠。」衛綾月沒好氣地說。

「不是不相信，只是，牠畢竟不是訓練有素的救難犬，眞的這麼容易就能知道失蹤的人在哪裡？」當初他起意向衛綾月借狗，不過是想碰碰運氣，完全沒料到眞的可以派上用場。

「塔塔不是普通的狗。」衛綾月摸了摸趴在旁邊休息的巨大狼犬，「小時候，爸媽經常帶著我在外地工作。到這裡進行研究之前，他們怕我在山上無聊，特地買了塔塔陪我。後來，爸媽和他們的同事都失蹤了，營地剩我一個人，是塔塔跑去靈首村求救，把村民帶到距離村子好幾公里外的營地，我才能活下來。當時塔塔還只是剛出生兩三個月的幼犬而已。」

回憶當年，她臉上的表情並未顯得如何哀傷，唯有低垂的眼眸微微透露一絲落寞。

「關於妳爸媽的事，真的非常遺憾。」蕭世耘由衷表達同情。

靈首村的老人家告訴他們，以衛綾月父母爲首的台灣人類學家總共有七個人，一夕之間在村子附近失蹤的事震驚各界，也像現在一樣，引來許多救難團體聚集在村子裡，進行大規模的搜山。

搜救行動大約持續了一個月，什麼線索都沒發現，就像人間蒸發了一樣。那些救難隊無可奈何，也只能放棄了。

當時很多村民紛紛傳言，是那七個人在山上做了不該做的事，以至於觸怒山神，所以被靈門吞噬。

而在救難隊撤離之後，陸陸續續有上山打獵的村民失蹤了。很多人害怕受到山神之怒牽連，舉家搬遷外地，於是靈首村漸漸就只剩下一些雖然心懷恐懼、卻也無處可去的老人家。

如今當他們看到大批外地人湧進村子，唯恐舊事重演，所以才反對搜救隊進行搜山。

「我們年紀大了，連說話都沒氣力，阻止不了你們這些外地人；但是，你們千萬要記得，不要再惹山神不高興，不然連我們靈首村的人都要爲你們陪葬。」那位老人家神情嚴肅地這樣警告他們。

當蕭世耘追問老人，當年的人類學家探險隊做了什麼事，以至於觸怒山神時，那個老人答不出來，因爲他自己也不知道，只是村裡大家都這樣說，他也就跟著這樣說。

也許衛綾月會知道些什麼？當時她雖然年幼，卻是一直跟在人類學家探險隊旁邊……

可是要怎麼問呢？總不能直截了當地問說「妳知道妳爸媽做了什麼觸怒山神的事嗎？」，這樣實在太失禮了，彷彿在指責對方的失蹤是罪有應得一樣。

蕭世耘正思忖該如何發問時，衛綾月已經吃完晚餐、收拾好餐具，站了起來。

「我先去睡了，凌晨五點出發，你們也早點休息。」

她說著鑽進自己的帳篷，塔塔則自動地挪移到她的帳篷門外趴下，以自身的龐大軀體形成屏障護衛主人。

只好下次找機會再問了。蕭世耘這樣想著，跟呂明徹一起撲滅篝火、略微收拾一下營地，回到帳篷睡覺。

呂明徹一躺進睡袋，即刻就開始打呼，鼾聲如雷，可見眞的是累壞了。

由於將睡袋讓給衛綾月，自己只能蓋著登山外套的蕭世耘卻遲遲無法入睡。

倒不是因爲寒冷或同伴太吵的緣故，只是一想到小隊長的不幸犧牲，他就難過得不能成眠。

再想起失蹤的夥伴和他們的家屬，沉重的愧疚感就如排山倒海般湧現，壓得他不能呼吸。

塔塔似乎知道阿傑的下落。跟著塔塔的腳步，明天就能找到他了嗎？已經過了那麼久，失蹤至今半個月了，阿傑現在怎麼樣了呢？他還活著嗎？還是會像小隊長那樣……

蕭世耘無法控制自己不去思考這些，就和夥伴失蹤之後他所度過的每個夜晚一樣，當他想到阿傑極有可能早已亡故的時候，兩行淚水不自覺從緊閉的眼瞼間滑落。

忽然，帳篷外響起一陣尖銳淒厲的聲音，聽起來像是女生在慘叫。

「阿月？」他登時彈坐而起。

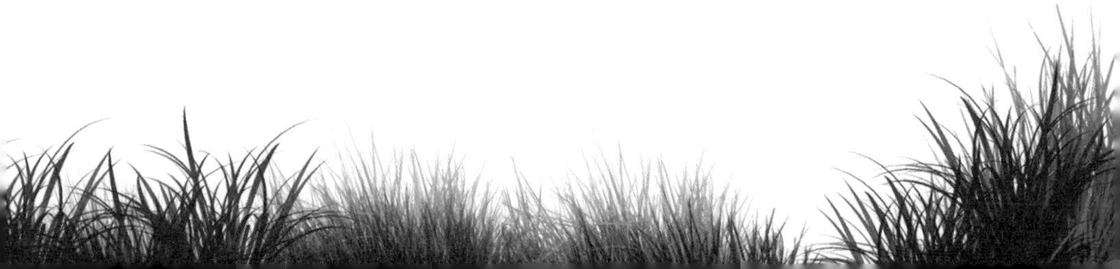

十二・櫺星門峰

蕭世耘抓起手電筒衝出帳篷，看到原本早該睡著的塔塔站在衛綾月的帳篷外，兩隻耳朵高高豎起。

他無暇多想，一把拉開對方的帳篷拉鍊。

「阿月！」

手電筒的光線照進帳篷，只見衛綾月好端端地躺在睡袋裡，突如其來的強光迫使她伸手遮住自己的雙眼。

「妳沒事吧？」他急切地問道。

「沒事！手電筒關掉！」

她的聲音聽起來很不高興，蕭世耘連忙將手電筒的光源自她身上移開。

「對不起！因為我剛才聽到妳在尖叫……」

蕭世耘說著，霎時察覺到不對勁。

那淒厲的慘叫仍持續響起，但發出聲音的人卻不是眼前的衛綾月。

這是怎麼回事？

「我沒有尖叫。」她說著，拉開睡袋，坐了起來，一頭長髮像瀑布般披瀉在後。

「怎麼了？怎麼了？阿月怎麼了？」熟睡的呂明徹被刺耳的叫聲驚醒，迷迷糊糊地爬出睡袋探問。

蕭世耘定下心神仔細分辨聲音的來源，似乎是從樹上傳來的，抬頭一看，卻是一片黝黑，什麼也看不見。

「這是什麼叫聲？」蕭世耘有些害怕地問道。

有如發狂的高音頻叫聲在森林裡呼嘯迴盪，不斷刺激聽感神經，令蕭呂二人不禁頭皮發麻、渾身戰慄。

「是褐林鴞。」

「褐林鴞？」蕭世耘困惑地望向衛綾月。

「褐林鴞是什麼東西？這種叫聲眞他媽的嚇人！還以爲發生命案了！」披上登山外套的呂明徹湊過來和蕭世耘擠在一處。

「一種體型很大的貓頭鷹。」衛綾月輕聲說道。「不過，現在應該不是褐林鴞出沒的季節……你們安靜，我聽聽看牠在說什麼？」

她竟能聽懂鳥語？蕭世耘聽說過，有些原住民耆老能根據鳥鳴聲判斷吉凶，沒想到年紀甚輕的衛綾月居然也有這種能力。

同樣大感驚訝的呂明徹似乎想說什麼，蕭世耘連忙一把握住他的嘴巴，不讓他發出聲音。

凝神諦聽許久，淒厲的叫聲漸漸微弱，衛綾月的眉頭卻越皺越緊。

「妳聽到了什麼？」等到鳥鳴聲完全消失，四周恢復寂靜時，蕭世耘才低聲問道。

「『獻祭』……」她的表情十分凝肅。

「獻祭？」

「奶奶曾經跟我說過，在很久很久以前，靈首村有以活人進行獻祭的習俗。所謂的『靈首』，也就是『獻給神靈的人頭』的意思。」

「為什麼要這樣做？」

「原因奶奶沒有說明，只提到每年至少會犧牲三個人以上。我猜想大概是為了祈求豐收，或者是為了平息山神的怒氣。」

「三個人……以上？」蕭世耘忍不住說道：「這太殘忍了。」

「是很殘忍。所以到了近代，這個傳統儀式就完全廢除了。奶奶說，她擔任祭司期間就不曾再進行活人獻祭。」衛綾月爬出帳篷，抬頭望著黑漆漆的樹冠。「終年蟄伏在這片森林、被老一輩視若神明的褐林鴞，爲什麼突然提起這兩個字？」

一旁的蕭世耘也不解其意，只是原本潛藏在心底的不祥預感，因這陣詭異的鳥鳴而更加深了。

◈

翌日天色微曦，三人便在塔塔的帶領下，繼續向上攀爬。

由於地形崎嶇破碎，有些斷崖、崩壁實在無法通過，此時塔塔就會引領他們進行腰繞；但不管怎樣迂迴繞行，始終朝著最高峰的方向前進。

那座位於靈首村正北方的最高峰，是與這片冷杉林一同被村民視爲禁區的祖靈安息之地。

難道失蹤的人竟在最高峰上嗎？衛綾月不禁暗自猜想。

蕭世耘也注意到這一點，提出和衛綾月相同的疑問。

呂明徹立刻予以否決：「不可能吧！你說的山頂那邊，空勤直升機早已偵查過，無人機也飛上去好幾次了，如果人在那裡，不可能完全沒發現吧！」

「說不定躲在山洞，或其他無人機拍不到的地方。」蕭世耘說。

「但是，山頂距離阿傑失蹤的湖邊實在太遠了，通往山頂的路也非常不好走，指揮所的資深救難隊員研判阿傑身上沒有登山裝備和糧食，一定無法跑到那邊去，所以從一開始就排除那個地點。我們裝備齊全的人都已經走得這麼辛苦，阿傑失蹤的時候可是連鞋子都沒穿，你覺得他赤腳走得到山頂？」

「你怎麼知道他是自己走上去的呢？」衛綾月冷不防說道。

「廢話，如果人眞的在山頂，不是自己走上去，難道是……」呂明徹說到一半，似乎意識到什麼，猛然閉上嘴巴。

他原本想說「難道是被鬼抓上去的？」，但經常爬山的人都知道，在山區活動時有個不成文的規定，就是盡量避免談論到鬼怪靈異相關的字眼和話題，否則將會引來厄運。

呂明徹從前並不相信這些，在高山上素來是百無禁忌，然而最近周遭怪事連連，讓他心裡也不禁毛毛的。

三人不再說話，各自繃緊神經、提高警覺行走在險峻而狹窄的山稜上。

好不容易從陰冷闃暗的杉樹林穿出來，眼前是一片低矮的圓柏灌叢，再往上則是寸草不生的碎石坡。

碎石坡的左上角，一座峻直高聳的墨黑岩峰拔地而起、插入雲霄，垂直於地面的大片岩壁上，層層節理清晰可見。

看到接下來要行走的路線，呂明徹不由得倒抽一口氣，心中叫苦連天。植株高度及腰的圓柏生長得密密麻麻、全無間隙，意味著他們必須從虯曲堅硬如鐵絲般的枝葉間硬切過去，光是這樣想像，他的皮膚就不自覺隱隱刺痛。

而前方的碎石崩壁雖然沒有阻礙腳步的植被，但地表風化嚴重，加上坡度陡峭，攀爬其上的危險性極高。

雖然他從前也曾走過相似的地形，但那些大眾熱門的登山路線都有架設繩索作爲輔助，不像眼前這片光禿禿的石瀑，完全只能倚靠自己的雙手雙腳爬上去。一不小心失足，就會直直滑落數百公尺高的峭壁。

「這是在玩命啊！」呂明徹忍不住哀號。「眞的要爬上去嗎？這難度比中央尖山的死亡稜線還高，叫我們爬這個，簡直就像新手村玩家單挑BOSS一樣……」

「害怕的話，你留下，我自己上去。」衛綾月淡淡地說，面無懼色。

聽對方這樣說，呂明徹覺得自己很沒面子，於是收斂起畏懼的神色，改口說道：「誰說我害怕了，妳這娘們都不怕，我會害怕？笑話……」

「很好，很勇敢。如果聲音沒有顫抖，聽起來就更像真的了。」衛綾月看透對方的膽怯，冷笑著說。

眼前的路況確實險峻異常，驚懼畏縮也是人之常情，她本無意嘲笑呂明徹，但因對方常常對自己出言不遜，她才忍不住反唇相譏。

「妳這臭……」

蕭世耘連忙制止呂明徹：「別吵了！現在已經是中午，時間不多了，萬一通過碎石坡後沒有可以紮營的地方，我們還要趕在天黑之前撤退下來，不要浪費時間了！」

呂明徹不甘心地瞪了衛綾月一眼，「等一下妳要是出事，我一定不救妳！」

「我還不用你救，顧好你自己！」

蕭世耘無奈地望著兀自針鋒相對的二人。他們此時所說的話，讓他心裡有種不祥的預感。

塔塔在低矮的圓柏灌叢下鑽行，枝幹間形成的空隙剛好足以容納牠的身軀，所以行走起來並不怎麼困難；跟在牠背後的三人則是吃盡苦頭。

蒼勁堅韌的圓柏樹枝如同刺繩鐵絲網一般，屢屢勾住背包、刺破衣物、劃傷皮膚，好不容易橫渡過大片的圓柏灌叢，三人已是傷痕纍纍、狼狽不堪。

但接下來的碎石大崩壁才是眞正的難關。

嚴重風化的地形極爲不穩，岩質鬆碎，腳下的每一步，都有鬆動、踏空的風險。

他們緊靠碎石坡邊緣，手腳並用、聚精會神地朝著插天岩峰右側的鞍部迤邐攀升。

時間是下午一點多，烈日當空，如炙驕陽曝曬在毫無遮蔽的崩壁上，使他們感到十分灼熱。

「我們好像石板上的山豬肉。」揮汗如雨的呂明徹忍不住有感而發。

同樣滿頭大汗的蕭世耘笑了一下，卻沒有多餘的精力回應對方。從埡口吹下來的狂風聲如獸吼，幾乎震動腳下的碎石，使他不得不集中精神、步步爲營。

費時一個多鐘頭，三人終於有驚無險地爬上兩座岩壁中央的埡口，此處鞍部地形較爲平緩，總算可以坐下來吃點東西、喘口氣。

蕭世耘卸下沉重的裝備，坐在大石塊上喝水，一邊打量周遭環境。

他的左側是剛才三人辛苦攀爬而上的那片大崩壁，右側則是斷崖，斷崖下方爲壁立千仞的深邃崩谷，稍稍望上一眼便足以令人膽寒。

順著腳下這條碎崩岩稜再往東側前進約五百公尺，就是這座山的最高峰，也就是剛才他們在圓柏叢外遠望的那座黑色插天岩壁的南面。

巨大岩砦的陰影幾乎籠罩整個鞍部，此時四周完全照不到一絲陽光，迎面而來的風冷若冰霜，幾乎要將人凍成冰棒。

阿傑眞的會在毫無登山裝備的狀況下，自己跑到這種荒遠高寒的絕地嗎？雖然蕭世耘很信任衛綾月，但親眼見到最高峰上的情景之後，他不禁覺得那是不可能的事。

暫且不論阿傑能不能光著腳爬過剛才那片碎石鋒利如刀的大崩壁，有什麼動機或誘因可以讓他甘冒生命危險來到這裡呢？

或者，眞的就像衛綾月所說，阿傑不是自願來到這裡……

正沉吟著，衛綾月走過來拍拍他：「走吧！再坐下去，人都要結冰了。」

他們沿著碎石稜走到插天岩壁的下方，站在這裡仰望，嵯峨入雲的山勢更加巍然壯觀。

呂明徹張大嘴巴向上看，腦海搜尋不出任何詞彙來形容此刻內心的震撼。過了許久，感覺脖子都痠了，他才轉過頭問衛綾月：「這座山峰的形狀好特別，像根頂天大石柱一樣，有名字嗎？我在地圖上沒看過這座山。」

「我奶奶說，這裡叫『欞星門峰』，是傳說中祖靈安息的聖地。」

「欞星門？」蕭世耘忽然想起，在明朝皇陵的地面建築中，好像也有一道門叫做「欞星門」，因爲門後就屬於冥界範疇，又稱爲「陰陽門」。

「從村裡往北邊看，可以看到這座山峰和鞍部另一側那座峰頭並立，形狀就像廟宇的牌坊，所以叫欞星門。」衛綾月指著他們剛才坐下來休息的地方，旁邊正是另一座較爲低矮的岩峰。

呂明徹順著她的指示看過去，「可是那座峰頭的高度矮很多欸，這樣牌坊柱子不就一長一短？」

「從村子往這裡看的話，這兩座山峰的頂部永遠是被雲層遮住，看不出高矮。」衛綾月解釋道。

「原來是這樣。」呂明徹恍然大悟地點點頭。

「你們看那邊！那是靈首村吧？」蕭世耘往南邊眺望著。

深谷的對岸，有一條起伏較爲低緩的山脊，據方位判斷，大概是他們前往冷杉林時曾經走過的稜線；山脊以南有一座小山丘，隱約可見其上立著許多灰白色的石柱，其中有兩根平行並立的格外醒目突出。

從這裡看起來，靈首村距離此處並不遠，但中間隔著深不見底的狹長崩谷，無路可通，必須沿著稜線迂迴低繞，從岩峰背面繞上來。

「眞的是靈首村！可惜沒帶望遠鏡，不然可以看得更清楚！」呂明徹用右手掌在眼睛上方搭涼棚，極目張望了好一會兒，方才想起此行的目的。「對了，我們來這裡做什麼？不是拚老命爬上來看風景的吧！」

正說著，四周驟然風煙捲動，原本高掛天際的烈日瞬間隱匿無光，峰頂暗雲隨著風勢壓落，以極快的速度籠罩山脊，濃霧中亂雨斜飛。他們知道山上的天氣一向瞬息萬變，但陰晴變換如此之快的，還是第一次遇到。

「慘了，變天了，怎麼辦？要撤嗎？」在高山上最怕遇到變天，濕冷的天氣往往潛藏致命危險，呂明徹不禁有些慌了。

衛綾月沒有理會他，摸了摸身邊的狼犬，問道：「塔塔，人在哪裡？」

塔塔像聽懂她的問話似的，立刻跑到石峰前方，用兩隻後腿站立起來，前爪不斷抓扒著節理分明的岩壁。

「這是什麼意思？」蕭世耘不解地看著塔塔的動作。難道阿傑在石壁裡面？這怎麼可能！

衛綾月沉吟未答，逕直走到岩壁前觀察。

這一面岩壁和剛才在崩石坡上看到的那一面不同，沒有大規模的節理構造，只有約莫四、五公尺見方的範圍可見裂隙。那些相互垂直的裂縫，讓岩壁看起來像一塊塊切割齊整的方形豆腐。

有些裂縫似乎很深，衛綾月試著將自己纖細的手臂伸進其中一條。

「妳在做什麼？就只是常見的節理現象而已，有什麼好研究的？」已經穿上兩截式雨衣的呂明徹對她的動作感到好奇，走了過來。

「這不是普通的節理。」衛綾月把手臂縮回來，輕輕撫摸石塊邊緣。「這些石塊有人爲打磨的痕跡。你們仔細看，如果是自然產生的節理，斷面不會這麼平整光滑。而且，這每塊石頭的邊長幾乎完全一樣。」

蕭呂二人聞言，十分驚訝。

由於此時天昏地暗，加上雲湧霧起，能見度不高，蕭世耘遂自背包取出手電筒照明，趨近查看那些原以爲是節理構造的石塊，發現正如衛綾月所說，眼前這片石壁似乎是以數十塊長形石條堆疊而成。

蕭世耘向後退了幾步，從距離稍遠的地方打量山壁整體。

那些方形石塊乍看和節理沒有兩樣，但他注意到整座山峰基本都是由頁岩構成，由於頁岩質地較爲脆弱，受外力而產生的節理通常都是呈現不規則的形狀，不太可能像眼前所見這般整齊劃一。而那些狀似節理的石條質地也和頁岩不同，觸感堅硬許多。

「這裡原本好像是個山洞，被這些方形柱狀石條整個封起來了。」他推測道。

衛綾月點點頭，再次將手臂伸進石條與石條之間的縫隙。「我也是這麼想。這後面不知道是什麼空間，有沒有辦法可以進去呢？」

正思索著，眼角餘光忽瞥見一群灰臉人悄無聲息地出現在她右側。

十三・鬼兵乍現

那些人身穿由鐵質甲片連綴而成的黑色身甲，手持矛、殳等長柄兵器，人數約有十來個，皆面色灰敗枯槁，迥異於生人。

衛綾月大受驚嚇，連忙抽回手臂，向左側退避。

這是什麼東西？

她驚懼不已的緊盯著那隊人馬，雖然半隱於雲霧，那些身影仍清晰可見，宛如實體之物。

「快跑！快跑！」早已跑得老遠的呂明徹站在鞍部對他們兩人頻頻招手。「你們兩個還不跑，愣在那裡做什麼！快跑啊！」

「阿月，快走！」同樣嚇得不輕的蕭世耘也很想立刻逃離，但見衛綾月還站在原地，自己總不好意思沒義氣的先跑掉。

衛綾月原以為這些突然現形的鬼物，是被爸爸稱為「喪門弔客」的山煞，然而仔細一看，和靈首村裡所見的，存在極大不同。

他們身披冑甲、手持兵器、行伍整齊，似乎是一支有紀律的軍隊。莫非是爸爸曾經對她說過的「陰兵」——敗亡軍隊殘留世間的魂魄？

正驚疑不定地思忖著，從隊伍方向傳來一陣森冷的話語聲，使用的語言和靈首村族語近似，聽得蕭世耘毛骨悚然。

衛綾月意外發現自己可以聽懂話中的意思，但不明白對方爲何這樣說，正想回應，那些鬼物驀然面有怒色地高舉手中的長兵器，向她逼臨。

蕭世耘見狀，顧不得其他，連忙上前抓住她的手臂，朝反方向奔逃。陰魂的形體彷佛乘著疾風飛霧而來，轉瞬迫近眼前，塔塔立即擋在前方，勇猛地對著那些陰魂狂吼吠叫。

陰兵似乎稍有忌憚，飄忽形影微微一頓。

「塔塔！過來！」

衛綾月擔心塔塔的安危，回頭連喚數次，牠才轉身跟上他們。

驚慌失措的三人本能地順著來時路撤退。此時灰濛濛的天際驚雷急雨、其勢滂沱，潺潺雨水在崩壁碎石間形成細流，失足滑落的風險大增；然而三人完全無暇顧及路況，慌不擇路、連滾帶爬地向下逃竄。

好不容易抵達崩石坡下方的圓柏灌叢，他們身上的衣物已殘破不堪，皮膚也多了數處割傷，鮮血淋漓。

衛綾月抬頭看向欞星門峰的方向，只見插天石砦矗姿縹緲，周圍亂雲翻滾，不見鬼物蹤跡，這才鬆了一口氣。

「還好沒追過來！那到底是什麼鬼東西？」呂明徹上氣不接下氣地說，被雨淋濕的瀏海整片黏貼在額頭，身上的雨衣也破了幾個大洞，形容十分狼狽。

「我們先找個安全的地方，換掉身上的衣服再說！」蕭世耘同樣驚魂未定，但他擔心身體被雨淋濕後將有失溫的危險，於是催促其他二人儘速離開此地。

◈

他們下切通過圓柏灌叢後，大雨戛然而止，地面土石乾燥得像沒有下過雨一般，彷彿方才的傾盆大雨只是一場整人的惡作劇。

看看時間，已是下午四點多，深山日落早，很快就要天黑了，於是三人決定在冷杉林裡紮營過夜。

衛綾月在帳篷裡換掉破損嚴重的衣物，又拿自己的毛巾擦乾塔塔身上的毛，蕭呂二人則在營地附近撿柴生火。

「阿月，剛才在山頂看到的那個……那個東西，妳知道是什麼嗎？」

三人一狗圍在營火旁驅寒取暖時，呂明徹忍不住又問起這件事。

衛綾月搖搖頭，「我從來沒有看過，也從來沒有聽說過。村民們一直相信櫺星門峰和這片冷杉林一樣，都是祖靈安息的神聖禁地。很久以前，許多冒險闖入冷杉林狩獵的獵戶在此失蹤，漸漸就再也沒有人敢靠近這一帶。那些鬼怪究竟是什麼，還有，那座用條石塞住的山壁內部是什麼地方，也許只有奶奶才會知道。」

此刻她心裡也充滿疑問，巴不得立刻衝回村落詢問奶奶，無奈距離實在太遠了，天黑後不宜在山上行走，只能暫時先紮營露宿，等天亮後再趕回去問她。

「對了，阿月，我聽到那些鬼怪說了一句話，聽起來跟妳們的族語很像，妳知道那是什麼意思嗎？」蕭世耘問道。

衛綾月見問，立即變了臉色。回想起當時聽見的話語聲，一陣恐懼感倏地籠罩全身，令她頭皮發麻。

「好像聽得懂……雖然不太確定，但大約了解意思。」她有些遲疑地說。

「不過也有可能是我聽錯了……而且，這和你們沒有關係，你們不用知道。」

那句話和他們沒有關係，那麼是和她有關嗎？蕭世耘敏銳地察覺她的言下之意，但見她閉口不談，隨後神情凝重地陷入沉思，他也不好意思再問，起身從自己的背包拿出鍋子和食材，為大家烹煮晚餐。

◈

睡覺的時候，衛綾月腦中不斷回想日間遇到的怪事，即使身體疲憊不堪，卻遲遲無法入睡。

在那種人煙絕跡的荒寒之巔，怎麼會冒出「陰兵」的鬼物？他們身上的鐵質盔甲，看起來像是數千年前的古物，感覺和她對於台灣史前時代的印象有種格格不入的違和感。

根據身為人類學家的雙親留下的考古資料和筆記，她知道台灣的鐵器時代大約起始於二千年前，但當時多作為農耕或狩獵等用途的小型器物，由各地史前遺址出土的遺物看來，從未見過像那些鬼物身上的鐵甲。目前唯一可見的雅美族人盔甲，還是用植物混合魚皮製成的。

那些鬼兵的來歷究竟是……

正思索著，闃黑的帳篷中乍然出現一道耀眼的白光，衛綾月嚇了一跳，驚坐而起。

光影緩緩幻化爲一道人形，外貌看起來是一位身穿白色和服的成年男子。祂以優雅的姿態跪坐在衛綾月的睡袋旁，面容十分溫文和善。

『潛藏在妳身側十二年，今天終於可以直接和妳對話了。』對方微笑地說，臉上露出如釋重負的表情。

那從容不迫的詳和神態對衛綾月起了極大的安撫作用，同時她也從對方身上感受到一股莫名的熟悉氣息，於是稍稍鬆懈，不再那麼驚懼戒慎。

「你是什麼人？」

『我是曾經被奉祀在村社的氏神，雖然後來經歷了很多事……如今，妳可以稱呼我爲神代櫸玉命。』

對方語焉不詳地說，衛綾月聽得似懂非懂。

「村社？你指的是靈首神社嗎？你是神社裡的神明？」

神代欅玉命抿唇淺笑，飄忽的笑意悵然若失，『要說那是『神社』，也無不可，雖然對我而言，那更像牢籠……』

衛綾月對祂的話感到困惑不解，也不明白對方臉上那淺淡的幽怨從何而來，不過祂既是神社的神明大人，站在她的立場，似乎有必要爲自己辯解一番，於是說道：「我不知道你爲什麼覺得神社像牢籠，但因爲奶奶年紀大了，代替她奉祀神社神明是我的職責，十二年來，我認爲自己沒有怠惰疏忽的地方……」

她感覺神明大人的表情，似乎在譴責她這個神社管理員做得不好。

神代欅玉命輕笑出聲，一掃方才的陰鬱之色，顯得十分和藹。『我知道。從妳很小的時候，我的分靈就一直在妳左右，怎麼會不知道？』

「眞的嗎？」衛綾月驚詫地問道：「爲什麼我從來沒有看過你？這是在開玩笑吧？」如果神明也會開玩笑的話。

『今天，我帶領妳去欞星門峰。鬼兵現形時，還替妳阻擋了一下。』神代欅玉命眉眼微彎，笑容可掬地說。

她驚訝得瞪大了眼睛，「你、你是塔塔？」

從小她就覺得塔塔不是一隻普通的狗，牠能毫無障礙地聽懂並履行她的所有指令，也常常做出普通人類做不到的舉動，但她從沒想過小時候爸媽買給她作伴的塔塔，竟是神明大人嗎？

神代櫸玉命輕輕搖頭，『我只是憑依牠身上，守候在妳身邊而已。』

堂堂一位被奉祀在神社──雖然是香火幾近斷絕、無人信仰膜拜的深山破舊神社──的氏神大人，守在她身邊做什麼？衛綾月提出她的疑問。

『我的御靈本體被禁錮在村社逾百年歲月，神力受制，無法現出原形，只能暫時讓分靈依附在狼犬身上，等待有朝一日能和妳直接對話。』神代櫸玉命發出長長的喟嘆。『今日，終於得以如願了。』

「禁錮？」衛綾月詫異不已地重複這個字眼。「誰對神明大人做出這樣的事？」身爲神社管理員的她，竟然完全不知道自己奉祀了十二年的氏神遭遇了這樣的事。奶奶知道嗎？

神代櫸玉命斂容正坐，『這暫且不提。重要的是，潛藏在崖塚兩千多年、長久以生人靈肉作爲牲禮的魔物，即將以不死之身復生，務必設法阻止。』

衛綾月怔忡地聽著這些超出她理解範圍的話語內容，腦袋空白許久。

她忽然想到，一定是因爲白天疲於奔命、又驚嚇過度，以至於睡得極不安穩，做了一個奇怪的夢。什麼氏神分靈、崖塚魔物，都只是夢中夢而已，睡醒就沒事了。

於是她疲憊地躺下，拉上睡袋蓋住自己的頭臉，不再理會身旁的幻影。

衛綾月的反應令神代櫸玉命啼笑皆非。

祂有些不知所措地靜默半晌，才又緩緩說道：『我知道，突然告知妳這件事，妳一定無法接受。不過，時間不多了，妳很快就會明白的。即使妳曾說過『寧可永遠都不明白』這樣的話，也由不得妳……』

聽到對方提起她跟奶奶說過的話，認爲自己在做夢的衛綾月仍忍不住稍稍拉開睡袋一角，注視著祂。

『妳難道不會感到好奇嗎？即使是歷經艱苦的修行、即使是透過託夢的形式，從前連我的話語都聽不清楚的妳，爲什麼現在可以直接看到我的靈體？』

祂微微躬身湊近她。

「爲什麼？」尚且處於渾沌懵懂狀態的她，其實完全沒想到這個問題，只是單純順著對方的話，被動地問。

『因為，禁錮我御靈本體的人——妳的奶奶、部落祭司、尤瑪・衛綾，已經死了。』

衛綾月聞言，腦袋猶如焦雷劈閃而過，瞬間清醒。

「你說什麼？我奶奶……死了？」

衛綾尤瑪雖然和她並不親近，但終究是她世上僅存的唯一親人，這個噩耗對衛綾月而言，不啻晴天霹靂。

「這怎麼可能！好端端的，怎麼可能會死！」她心慌意亂地爬起來，跪坐在睡袋上。

神代櫸玉命看著她，眼瞼低垂，狀似對她的反應感到憐憫。『只要是人，都會死。身為衛綾一族的最後血脈，尤瑪・衛綾雖然靈力強悍，甚至借用樹靈之力，將我鎮壓百年，但終究是個凡人，她的大限已至。』

「不可能的！不可能！不可能！」她一逕搖頭。

她當然知道人都會死，但情感上無法接受這突如其來的打擊。

『不相信的話，就回去看看吧！』祂伸出修長的手，輕撫對方驚愕和悲痛交加的臉龐。『我會再來找妳的。』

輾轉反側直到深夜，方才漸漸入睡的蕭世耘，被一陣窸窸窣窣的細微噪音吵醒，發現帳篷外似乎有些微弱的光線閃爍。

他拉開帳篷，看到衛綾月戴著頭燈，手忙腳亂地在收拾帳篷，塔塔也沒有睡，端坐在她的背包旁邊。

「阿月，怎麼了？」

「我要趕回村子。」

蕭世耘看了看時間，面露驚訝，「現在起登，還太早了吧？才十二點多……是不是發生什麼事？」

「我奶奶……過世了。」她語帶哽咽地低聲說。

蕭世耘嚇了一跳，正想追問對方怎麼會知道，但見她六神無主、倉皇慌亂急著離開的樣子，當下便不多問，連忙說道：「夜間走山路危險，我們跟妳一起回去。」

他轉身把呼呼大睡的呂明徹搖醒，接著以最快的速度收拾帳篷。

離開營地後，三人戴著頭燈倉促而行。

此時幽暗的林間夜露爲霜，觸肌生寒。除了頭燈的光線，四周一片魆黑，嘯聲如吼的山風吹襲樹梢，偶有幾絲清冷月光自搖曳的葉隙一閃而過。

身形彷彿鬼魅的白面鼯鼠不時竄動於陰暗的灌叢間，發出一些令人心驚的聲響。

呂明徹覺得在這種氣氛下埋頭趕路，實在太鬱悶，正想找些話題打破沉默，近處乍然響起陣陣淒厲尖叫。

尖銳刺耳的巨大啼聲令人耳膜生疼，呂明徹忍不住用手摀住耳朵。「這就是妳昨天說的褐林鴞吧！這次又在鬼叫什麼啊？」

只見衛綾月臉色瞬間變得極爲難看，「牠說『死亡』……」

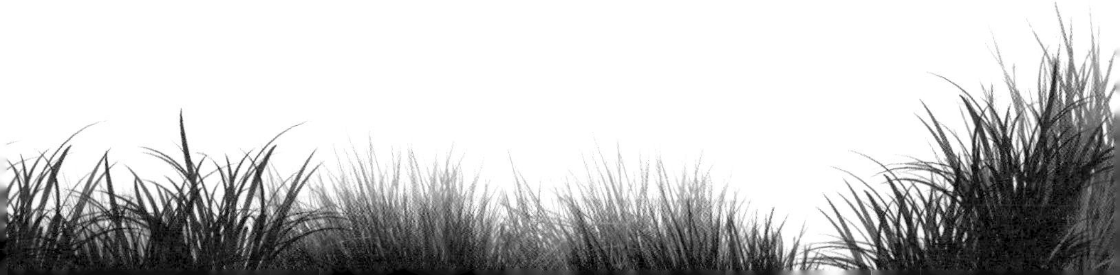

十四・神之牢籠

旭日東昇，夜幕徹底褪去後，天色依舊霧霧不明，暗雲低垂，似乎隨時會降下一場暴雨。

衛綾月沿路幾乎沒有休息，逕直奔回靈首村。蕭呂二人跟不上她和塔塔的腳程，氣喘吁吁地在相距一公里外拚命追趕。

日暮時分，他們兩人好不容易才回到公廨外的廣場，呂明徹就因體力透支癱軟倒地。

「我眞的走不動了……在這裡坐一下、休息一下吧！反正阿月早已回到村子，一個人也不會有什麼危險……」他直接坐在公廨前的石板路上，捏了捏那兩隻已然不受控制的腿。

雖然蕭世耘心裡有些記掛衛綾月，很想知道她現在怎麼了，而她的奶奶——高齡一百零九歲的部落祭司，是眞的過世了嗎？

不過現在的他，確實也沒有體力爬上神社前的陡峭石梯了，只好跟呂明徹一樣，原地坐著休息。

「阿月怎麼會突然知道她奶奶過世了？是有人用無線電通知她嗎？」這是呂明徹在心中悶了一整天的疑問。

「我也不清楚。我半夜醒來就看到她在收帳篷……」

話說到一半，突然有人從背後極大力地拍了他一下。本已全身痠軟無力的蕭世耘被這一拍，整個人差點撲倒在地。

「總算找到你了！我可在這裡等你兩天了！」

身後傳來一個聽起來很興奮卻怪腔怪調的聲音，蕭世耘立刻知道對方是誰。

他難以置信地轉頭一看，眼前那個一臉燦笑的人，果然是他那位有一半日人血統、比他大一歲的表哥——羽田野眞。

「哥！你怎麼會突然跑來台灣？」

羽田野一屁股坐到他旁邊。「我最近在台灣的朋友家打擾，從網路上看到你們學校登山社遇到山難的新聞。我看出事的地點和我之前告訴你的古道很接近，就猜到可能跟你有關，向姨丈求證之後，我就上來找你了。」

羽田野的中文發音不太標準，帶著一種特殊的異國腔調。

蕭世耘想起數月前從表哥口中得知那條古道時，躍躍欲試的心境，和現下的悽慘處境對比，懊悔之情油然而生。

早知道就不要規劃這趟行程。就算要來，也應該堅持不帶其他隊員，如果是自己遇難也就算了，至少不會連累無辜的人……蕭世耘心裡實在悔不當初。

「我去找姨丈的時候，姨丈雖然沒說什麼，但我看得出來他很擔心你。你爲什麼到現在還不下山？」

「那三名社員還沒找到……」蕭世耘情緒低落地說，眼圈微紅。

「我昨天來到這裡的時候，就聽說搜救工作不是很順利呢，連救難隊員都出事了。有人偷偷地告訴我，這座山上好像很邪門，繼續待下去，可能有危險吧！我想你們還是……」

「就算有危險，我們也不能丟下生死未卜的同伴，自己離開，不然怎麼面對那些失蹤同學的親友？」一旁的呂明徹插嘴說道。

「你們的心情我可以理解，不過，出了這種事，不能怪你們吧？」羽田野對著呂明徹說，又轉頭問蕭世耘：「你沒逼那些同學跟你一起上山吧？」

蕭世耘搖搖頭，據實以告：「他們是自願來的。」

「這就對了，你既然沒有強迫，那幾位自願上山的同學就該爲自己的選擇負責，沒人怪得了你們。還是先回家吧！阿姨過世後，姨丈只剩下你這麼一個兒子，不要讓他擔心了。」羽田野此行的目的，就是爲了代替姨丈勸蕭世耘回家，才會大老遠的跑來這與世隔絕的原始部落。

「我還不能走。」蕭世耘明白表哥的來意，也知道向來默默關愛他的爸爸這些日子必定憂心如焚，但仍堅持留下。

「我聽說這半個月來，你們兩個不顧指揮所的阻止，偷偷參與搜救行動，也曾遇到一些危險的狀況，我想你們已經盡了最大的努力，這就已經夠了！」羽田野頻頻催促：「走吧！走吧！明天一早，我就陪你們下山！」

蕭世耘深知他這位表哥雖然外表文質彬彬、言語斯文有禮，但一旦執拗起來卻是無人能敵，不禁感到無奈，只好央求道：「讓我再待幾天吧，我在山上認識的朋友好像遇到一些事，我不能在這個時候離開。」

「朋友？在這種深山部落，你能有什麼朋友？」羽田野困惑地問道。

他在這個名爲「靈首村」的村落待了兩天，發現這裡的居民清一色都是七老八十的老人家，一個年輕人都沒有。

蕭世耘還沒回答，呂明徹就搶著說道：「是一個女孩子，雖然個性古怪，不過長得很可愛。」

「哦？可愛的女孩子啊。」羽田野露出「原來如此」的眼神看著蕭世耘。

「等等！事情不是你想的那樣！」對方連忙辯解。他知道以表哥天生喜歡八卦的個性，八成又自己在心裡上演什麼小劇場。

「我知道了。」羽田野拍拍他的肩膀。「我就先不催你下山了。那麼，那個女孩子在哪裡？」

◆

體力稍微恢復之後，蕭呂二人將背包放回山腰處的小屋，發現衛綾月不在家，於是帶著羽田野繼續往上走到靈首神社。

羽田野踏上小山丘頂，望見前方的老舊神社建築時，不禁愣了一下，當即停步。

「怎麼了？」蕭世耘對他的反應感到不解，回頭詢問。

「……感覺好奇怪，雖然隱約有一絲御神的氣息……但又不太一樣。這……並不是正規的神社吧？」

「我也不清楚。這可能要問阿月。」蕭世耘指著神社左側那棟更為低矮的小木屋。「我猜她應該在那裡。」

三人走到小木屋外，發現木門沒關，內部十分陰暗。

蕭世耘略略遲疑，隨即脫下沾滿污泥的登山鞋，打開手電筒，走進木屋。羽田野和呂明徹跟在他身後。

一進屋，就看到一身黑色盛裝的老祭司躺在木板床上，面如死灰之色，雙目安詳地輕闔，已然身亡。

衛綾月木雕石塑般地坐在床邊的地面上，怔怔望著已故的祭司。塔塔則安靜地端坐在屋角。

呂明徹見狀，不禁有些慌了，「老婆婆還眞的死了……現在怎麼辦？」

「阿徹，你趕快去村子裡找人上來幫忙。」

「好、好、好，我馬上去！」呂明徹說著，立刻轉身奪門而出。

蕭世耘回想起自己母親過世時的情景，料想衛綾月此時必定悲痛難當，於是在她身邊蹲了下來，安慰道：「老祭司高齡一百零九歲，她的離開是遲早的事，雖然很悲傷，但請妳節哀順變……」

「人間五十年，與下天相較，如夢又似幻。一度得生者，豈有不滅乎？」站在門邊的羽田野輕輕吟誦幸若舞《敦盛》中的一段名句。「壽高百歲，已經是相當難得，而且像這樣安穩辭世，可以說是喜喪，請阿月小姐不要太過悲傷。」

衛綾月對兩人的勸慰置若罔聞，兀自呆坐在地。她的雙眼蓄滿晶瑩的淚水，卻沒有滑落下來，彷彿受到突來的打擊過大，連痛哭都忘了。

蕭世耘不知道此刻還可以說些什麼來安慰她，只得默默起身，和羽田野一樣佇立一旁。

過了一段時間，門外傳來一陣喧嘩騷動，腳步聲雜沓凌亂，似乎一下子來了不少人。

原來村裡的老人聽說祭司逝世，不顧自身年邁體衰，紛紛趕來協助處理後事。

他們將形同槁木的衛綾月攙扶到角落，按照靈首村的喪斂禮俗，以木板停屍，並爲亡者蓋上麻布。預計在屋內停靈七日，出殯前夕舉行「喚靈儀式」，接著再僱用山青將遺體運下山火化。

長久以來負責供養祭司的阿碧婆婆，拿出剛才帶上來的一些小米酒和粿粽、野果，放在遺體的腳尾處，口中唸唸有詞地進行奠祭。

其他村民跟著祭拜，祭拜完後，各自退出這個狹窄的小房間。

「可憐的孩子，從小就失去爸媽，現在又只剩下妳一個人了。」阿碧婆婆走到衛綾月面前，以帶著憐憫的粗嘎嗓音說道。「早在幾個月前，尤瑪就感應到自己命不長久了，曾多次囑託我，在她過世之後，一定要轉告妳一件事。」

一直寂然呆坐、對身旁任何事都沒什麼反應的衛綾月，這才稍稍抬起頭，看著阿碧婆婆。

「尤瑪叫妳無論如何，都要離開靈首村，搬到山下去。不管妳去哪裡都好，就是千萬不要繼續待在村子。」

「……爲什麼？」衛綾月睜大了眼睛，困惑地看著阿碧。

她身爲衛綾家族嗣女，按照靈首村祭司生死相繼的傳統，在奶奶辭世之後，她就是下任祭司，負有守護部落、祀奉天地神靈及祖靈的責任，爲什麼要她離開？

「我也問過尤瑪，但她沒有回答，只是一再交代，叫妳一定要離開，永遠別再回來。」轉達祭司遺言時，阿碧婆婆的表情也一樣充滿疑惑。「對了，有一次她交代完叫妳離開的事之後，還說了一句很奇怪的話。說這話的時候，她的聲音很小，也不知道是對我說的，還是在自言自語？」

「奶奶說了什麼？」

「她說，她死了以後，靈首村就不需要祭司了。」

聽了這句話，衛綾月更加不解。

她原以爲，可能是因爲她並非衛綾家族的正統血脈，也缺少祭司應該具備的能力，奶奶認爲她沒有資格繼任，所以才叫她離開。

但若是如此，奶奶應該要說「她死了以後，靈首村就『沒有』祭司了」才對，怎麼會說「不需要」祭司了呢？

「阿月，雖然這麼說，對其他村民過意不去，但我也覺得妳離開村子比較好。」

「阿碧婆婆……」

「妳獨自一個女孩子家，很難在這種高山上的村落生存。現在靈首村只剩下我們這些一隻腳都踏進棺材的老人了，妳還這麼年輕，沒必要爲了我們浪費時間。妳下山去，不管怎麼樣，都比留在山上好。」阿碧婆婆彎身握著衛綾月的手，眞誠地說。「而且，妳原本就不是靈首村的人，我相信其他村民都可以諒解，不會怪妳的。妳好好想想。」

說完這些話之後，阿碧轉身看到還站在門邊的蕭世耘和羽田野兩人，於是對他們說道：「你們也跟我出來吧！按照靈首村的慣例，人死後的第一天要由最親近的人單獨守靈，雖然不確定尤瑪是什麼時候過世的，但今天就當成第一日，由阿月負責守靈。」

◆

四周完全安靜之後，小屋裡又陷入一片黑暗。

窩在角落睡覺的塔塔身上忽然出現一道明亮的白光，漸漸凝聚成人形，是神代櫸玉命。

祂的形影緩緩飄到衛綾尤瑪的遺體前，表情似悲似喜地望著亡者。

『這麼強悍的靈者，也終於走到了生命的盡頭。可是遭受她鎮壓百年的我，即使得以脫出牢籠，靈力也恢復不了了。』

「我奶奶……爲什麼要鎮壓你？」坐在角落的衛綾月抬頭看著祂。「你不是神社裡的神明嗎？」

『……曾經是。』

神代櫸玉命告訴她，日人治理台灣時，曾在各地廣爲興建神社，即使像靈首村這種與世隔絕的高山村落亦不例外。

擁有固有信仰的靈首村民不願改信神道，也不肯奉祀日本神明，但違抗不了日本政府高壓的手段，只好聽從命令，拆除祖靈塔祭祀台，原址改建靈首神祠。

不過在建造過程中，衛綾尤瑪偷偷動了手腳。她特意找來樹齡三千年、其上附有神靈的「神代櫸木」，作爲建材蓋成神社，借助樹靈之力並施以禁咒，將祂的御靈連同御神體一齊鎮壓封印。

經過百年歲月，祂的御靈本體逐漸和樹靈同化，所以當年一縷分靈才有機會自部落祭司設下的結界脫逸，依附在狼犬身上；然而，和樹靈融合的結果，是連祂也分不清楚，自己究竟是當年遠渡重洋而來的日本神祇，抑或是埋在地底三千年而成精的神代欅樹靈。

衛綾月惘惘然地聽著。從小奶奶叫她負責管理祀奉的神社，竟是神之牢籠嗎？

奶奶耳提面命要她日日清潔打掃，以免神社結構腐朽傾頹，原以爲是出自對神明的敬意，沒想到，其實是擔心萬一神社朽壞，禁錮其中的神靈會因此逃脫。

「爲什麼……奶奶從來不告訴我這些？」她轉頭望向奶奶的遺體，感到十分陌生。

她是部落下一任祭司，身負守護靈首村的職責，但她忽然感覺自己對這個村子一無所知。

「奶奶封印了神社裡的神明，但這十幾年來，她卻一直叫我在神社打坐。她說透過刻苦的修行，有朝一日便可以聽見神明的旨意，這……」她實在想不通奶奶爲什麼要這樣做。

如果神代欅玉命說的都是事實，那奶奶是在騙她嗎？明知已被封印的神明不會有所回應……

之前她一直聽不清楚神代櫸玉命在對她說些什麼，就是因爲祂被禁咒鎭壓著吧？

『因爲，尤瑪・衛綾並非眞心想把妳培養成下一任的祭司，但對於『名義上』的繼任者，如果什麼都不做，村民和妳都會起疑，只好讓妳進行實際上毫無裨益的修行。』神代櫸玉命用憐憫的眼神看著她。『不過，這怪不得她。妳終歸不是衛綾族人，缺少天生的稟賦靈感，後天再如何培訓也是無用。尤瑪・衛綾收養妳不久，就發現這一點，想必她當時一定非常絕望。然而，能在這樣惡劣的環境將妳平安養大，並教會妳聽懂鳥卦，對衰老不堪的她來說，已是盡了最大努力了。』

衛綾月此時的心情非常複雜。不過她忽然想到，自己應該完全相信神代櫸玉命的話嗎？祂忽然冒出來自稱神明，誰知道是不是邪靈？

「奶奶費了那麼大的功夫鎭壓你，只因爲你是異族的神明嗎？」她試探地問。

『我想，最主要的原因，是尤瑪・衛綾和歷代祭司同樣，在祕密進行一件極爲可怕、不能被別人發現的事。』

十五・靈首之書

「是什麼事？」衛綾月驚愕地追問。

『詳細情形，不得而知。我只知道，在欞星門峰的山體深處，蟄伏著一個強大的惡靈。爲了供養惡靈，歷代祭司以數量甚多的活人獻祭。尤瑪．衛綾心知我會有所察覺，進而出手干擾，於是先下手爲強，將我封印。』

「不可能！」她記得奶奶說過，靈首村過去確實存在以活人作爲牲禮、獻祭於神的習俗，每年犧牲的人數在三人以上，但自從她接任祭司之後，就停止這項殘忍的陋習了。「奶奶不可能拿活人去獻祭！她沒有做過這樣的事！」

對於衛綾月的激動反駁，神代欅玉命顯得有些無奈。『即使妳這樣說，然而，在尤瑪．衛綾擔任祭司的這一百年間，欞星門峰下的惡靈之力仍日漸擴張強化，這確實是人牲獻祭造成的結果。』

「可是……如果她拿活人去獻祭，怎麼可能不被其他村民發現？」她說什麼都不相信。「再說，奶奶有什麼理由，非得要這樣做不可呢？」

奶奶雖然待人一向淡漠，少見情緒變化，但絕對不是這麼殘忍的人！

『這不重要，重要的是，一定要阻止山體內部的惡靈……』

話說到一半，忽然敲門聲響起，蕭世耘開門進來，神代欅玉命的身影立即消失無蹤。前者只見屋內白光一閃，轉眼即逝，不由得愣了一下。

大概眼花了吧！

「阿月，妳肚子餓嗎？要不要吃一點東西？」蕭世耘左手拿手電筒，右手提著一個保溫餐盒，裡面裝滿熱騰騰的飯菜，是他剛才煮好的。

衛綾月沒有理會，逕自趴到床底下，似乎在翻找東西。

「阿月？」

過了一會兒，她從床底拖出一個小木盒，打開一看，裡面有一本黑色封皮的線裝書。

書本外觀十分陳腐老舊，封面一個字也沒有。

衛綾月翻開第一頁，裡面的字跡明顯是手寫，一勾一勒寫得相當工整，但卻是她完全不認識的字體，部分筆畫繁複有如樹枝交錯，有些則像蚯蚓龍蛇一般。

她愣了一下，又翻到其他頁數看看，結果整本書沒有一個字認得出來。

「這是什麼字？」她問湊在旁邊一起看的蕭世耘。

「好像是甲骨文……還是蝌蚪文之類的，這我也看不懂……太難辨認了。」

蕭世耘不好意思地抓抓頭。

衛綾月長長地嘆了一口氣。她還以爲可以從部落祭司代代傳抄的《靈首之書》找到線索，誰知道裡面抄錄的字體不是一般人看得懂的。

難道這些字是一些不爲外人知的暗號祕文，只有正統的衛綾氏族人，才能通曉嗎？衛綾氏已經血脈斷絕，她能去問誰呢？

◈

隔天上午，衛綾月回到自己的小屋。一夜沒睡的她梳洗完畢後，就回房休息了。

蕭世耘把那本《靈首之書》攤開在桌面上，請表哥羽田野氏辨識。

羽田野的反應跟蕭世耘一模一樣，瞪大眼睛翻完整本之後，只能抓了抓頭。「呃……這好像……不是日本的文字啊……我一個字也認不出來……」

「是喔。這個村子以前受過日本統治，我還以爲會不會是古時候的日文呢。」蕭世耘說道。

「應該不是，日文沒有這麼複雜的筆畫。你們看這些字體，動不動三、四十畫，簡直不像寫字，像是在畫圖了。」

「畫圖？這麼說，是象形文字？可是，還是完全看不出來這些筆畫是象什麼形……」蕭世耘盯著泛黃書頁上的怪異字體，十分苦惱。

「說到象形文字，我記得教授說過，布農族有自己的文字，稱爲『木刻畫曆』，是祭司家族用來記錄祭典儀式和禮俗的。會不會就是那個？」坐在一旁悠哉吃著洋芋片的呂明徹突然插嘴說道。

蕭世耘立即搖頭。「木刻畫曆我看過，完全不一樣，這書上的字體複雜多了。」

「那會不會是小篆？」

「小篆？你懂小篆？你覺得像嗎？」蕭世耘連忙問道。

「我怎麼會知道小篆長怎樣！我又不是中文系！只是以前課堂上好像聽教授提過這種字體，我隨便說說而已。」呂明徹擺擺手。

「你們說的小篆，是刻在墓碑上的那種中文字嗎？」羽田野像忽然想起什麼，眼睛一亮。

「呃……墓碑？」蕭世耘認真地回想了一下，發覺自己對墓碑似乎沒什麼印象。

「有些比較古老的墓碑好像會刻一些很複雜的字，但是不是小篆，我就不知道了。」小時候常在墓園玩捉迷藏的呂明徹，憑著記憶說道。

「我有一個台灣的朋友，她能認得墓碑上的古字體。我把這本書的內容拍下來傳給她，說不定她看得懂。」

「眞的嗎？那眞是太好了！」蕭世耘喜出望外，但隨即又想到一個麻煩的問題。「可是這裡沒有網路，手機也完全沒訊號。」

「沒關係，我去下面那個部落跟她聯絡，順便採買一些糧食上來。我帶來的食物都已經吃完了。不過，這本書到底是什麼？你爲什麼一定要知道裡面的內容？」

「阿月說，這本書的內容對她來說非常重要，是她奶奶留下來的。」

「哦，原來是這樣。」羽田野微笑地說，臉上又露出饒富興味的神情。

◈

第二夜守靈的工作，又是由衛綾月一個人負責。其他村民雖有意幫忙，無奈老人家實在無法熬夜，只得作罷。

日落之後，她拿著手電筒，帶著塔塔，走進衛綾尤瑪停靈的木屋。

她坐在屋內唯一的椅子上，翻開《靈首之書》。由於屋內沒有電，她只能依賴手電筒的照明，仔細研究札記內容。但不管看了幾遍，還是完全看不懂那些奇形怪狀的字體。

她記得奶奶是不識字的。小時候，她曾經拿著爸媽遺留下來的書籍去請教奶奶，奶奶對她搖搖頭，比手畫腳地表示自己不認識中文字。

不認識中文字，甚至連中文都不會講的奶奶，眞的看得懂這本《靈首之書》嗎？或者她只是依樣畫葫蘆，把前代祭司傳承的文字照抄下來，其實連她自己也不知道內容在寫些什麼呢？

過了一會兒，她一籌莫展地歎了口氣，把書本放回木桌上。

此時趴在角落睡覺的塔塔身上光芒乍現，緩緩浮出一道白色人形。

見到頻繁現身的神代櫸玉命，衛綾月並不厭惡，反而有種說不上來的親近熟稔之感，可能是因爲祂長久以來依附在塔塔身上的緣故吧？她幾乎分不清楚陪伴自己長大的，究竟是爸爸買給她的狼犬塔塔，還是神代欅玉命當年自神社脫逸而出的那縷分靈。

「你來得正好，這上面的文字，你看得懂嗎？」

對方搖頭以對。

「唉！竟然連神明大人都無法解讀。」雖然原本就沒抱多大的期待，她仍不免有些失望。

如果連神明都看不懂，那還有誰可以告訴她，這些破字到底在記錄些什麼？

神代欅玉命莞爾一笑，溫和的笑容看起來有些慘淡。『被鎮壓在樹靈結界之內，受到尤瑪．衛綾百年不斷的詛咒，我的靈力已經消磨殆盡……現在的我，甚至只能憑依在生物體內，才能苟延殘喘、免於消散。』

衛綾月聽祂這麼說，一股歉意油然而生。雖然她認爲奶奶做任何事都一定有正當的原因，不過對方從堂堂一位神明變成這樣的下場，也未免太可憐了。

從前奶奶每天都會坐在小屋緣廊，對著神社方向唸咒，她原以爲是爲村民祝禱禳福，如今回想起來，恐怕當時就是在詛咒封印其中的神代欅玉命。

「你一定很怨恨奶奶吧？」她小聲地問道。

如果換成是她，無緣無故被關了這麼久，絕對不可能像祂一樣心平氣和。

『『怨恨』，只會讓人作繭自縛，將己身困於痛苦的情緒中，沒有任何幫助。尤瑪．衛綾這樣做，一定是爲了幫助潛藏在山體內部的魔物。對我來說，除掉那個魔物，才是最重要的。』

「除……除掉？」雖然這樣想，有點失禮之嫌，但她認爲要是櫺星門峰下眞的有魔物存在，以神代櫸玉命目前虛弱的狀態，恐怕不能與之抗衡吧！

似乎是察覺到對方內心所思，神代櫸玉命輕輕一笑，『我知道目前力有不逮，不過，姑且還是去打探一下。這就先離開了。』

「等等！你現在要去櫺星門峰？」

『嗯。』

「會不會有危險？你還會回來嗎？」

『山體內部的空間似乎設有法力強大的結界，即使我想闖入，也不一定有辦法，只能盡量靠近尋找破口。不用擔心，不會有事。』

說完之後，光影瞬間消失，燈火幽暗的小屋內只剩下她和塔塔，以及衛綾尤瑪的遺體。

塔塔依舊蜷縮在角落睡覺。莫名感到有些寂寥的衛綾月來到牠身邊坐下，輕輕撫摸牠。

塔塔睜開眼睛看看她，動作緩慢地換了一個趴臥的姿勢，將自己碩大的狗頭靠在她的大腿上磨蹭著，就像十多年前、牠還是幼犬時那樣。

「塔塔，你覺得那個附身在你身上的神明所說的話，是眞的嗎？祂感覺是個善良的神明，但是奶奶爲什麼要幫助欞星門峰的邪魔呢？」她轉頭看向衛綾尤瑪那被麻布蓋住的遺體。「身爲祭司的人，不是應該要以祛邪除魔爲己任嗎？」

停屍的木板忽然傳來一陣「咿呀」之聲，似乎受到什麼力量重壓。緊接著，衛綾尤瑪的遺體以僵直的姿勢，緩緩立了起來，覆蓋其上的麻布隨之滑落。

突如其來的變故讓衛綾月嚇呆了，她簡直不敢相信自己眼前所見——

死去多日的奶奶直挺挺地站在木板上，雙眼依舊緊閉，面容是極爲駭人的灰白色。

「奶……奶奶？」她吶吶地低呼一聲，隨即意識到這絕對不是奶奶——已死之人不可能會復生的！

她下意識想逃出門外，那僵直的死屍比她快一步撲了下來，擋在她的面前。

屍體發黑的嘴唇文風未動，卻從腹部或胸腔傳出詭異的說話聲。

嚇得頭皮發麻的衛綾月猛然想起，當初在櫺星門峰遇見鬼兵時，也聽過同樣的一句話。

雖然不是非常確定，但她隱約略解其意，那句話的意思是說：「衛綾者，背叛的下場是死亡。」

所謂的「衛綾者」，指的是誰？是衛綾家族的人嗎？背叛又是什麼意思？誰背叛了誰？

她似乎聽懂了，實際上卻又完全沒有懂，不過，現在不是糾結這些問題的時候。

正思索該如何乘隙脫逃，死屍倏然張大嘴巴逼近，護在衛綾月身前的塔塔當即向前撲去，龐大的身軀奮力將死屍壓倒在地。

「塔塔，快跑！」衛綾月擔心塔塔有危險，焦急地大喊。

護主心切的塔塔沒有聽從指令，低頭欲咬死屍的咽喉；僵直的死屍猝然舉起右臂，有如利劍一樣，逕直刺穿塔塔的腹部，瞬間鮮血涔涔。

塔塔仰天哀號了幾聲，痛苦地掙扎著，被貫穿的身體漸漸靜止不動，頭也垂了下來。

「塔塔！」

眼見塔塔爲了保護自己而慘死，衛綾月驚痛交加地發出撕心裂肺的尖叫。

◈

聞聲衝上神社的蕭呂二人看到眼前這一幕，不禁嚇得瞠目結舌、倒退數步。

一具屍體橫倒在門邊，垂直高舉的右手貫穿狼犬的肚子，大量狗血流淌一地，老祭司的遺體就像浸在血池裡，染紅全身。雙方維持這樣的姿勢，石化一般，動也不動。

子。

遍地殷紅的狗血散發濃烈的血腥味，令蕭呂二人不禁皺緊眉頭、捏起鼻

驚魂甫定後，蕭世耘拿著手電筒向門內張望，忽見衛綾月跪在角落失聲痛哭，一頭長髮不知是被血還是淚水黏成一束一束，看起來十分悽慘狼狽。

「阿月！」他連忙鼓起勇氣，繞過死屍，走到她身旁。「這是怎麼回事？老祭司不是已經死了，怎麼會……妳沒有受傷吧？」

衛綾月只顧哭泣，沒有理會他。

「大概是屍變了。這老祭司變成殭屍，塔塔爲了保護阿月，所以才……唉！死得眞慘啊！」呂明徹同情地看著塔塔的屍身。「現在要怎麼辦？天亮之後，村裡的人會來拜飯，要是讓那些老人家看到這副樣子，非把他們活活嚇死不可！」

蕭世耘一時也不知道該怎麼辦。別說那些老人了，連他都覺得很害怕。

衛綾月哭了很久，似乎才稍稍冷靜下來。她用手背抹去模糊了視線的眼淚，爬到屍體旁邊。

她抱著塔塔，想把牠從衛綾尤瑪的屍身上抱下來，無奈塔塔的體重比她還

重，單憑她一個人的力量實在沒辦法。

蕭世耘見狀，連忙招呼呂明徹一起上前幫忙。三人合力將塔塔抬起來，移到屋外的草地上。

在月光的映照下，塔塔身上的皮毛似乎瞬間褪色了一樣，看起來蒼白而淒涼。

衛綾月頻頻拭淚，從小屋旁的工具儲藏室找來一支鐵鍬，在塔塔以前經常趴臥的地點挖洞。

蕭呂二人猜測她是想把塔塔葬在神社下方的泥土裡，於是也去翻出一些工具，協助挖洞。

大約挖了一個小時，地洞的長寬看起來是夠大了，但深度還太淺，若是埋得不夠深的話，怕被山裡的野獸挖出來，於是三人更加賣力地向下挖掘。

忽然，呂明徹的鐵鍬在土中鏟到一個堅硬的物體，反彈的作用力震得他虎口發麻。

「什麼東西那麼硬？」呂明徹一邊甩手，一邊說：「該不會挖到日本人留下來的寶藏了？」

「怎麼可能？就算眞有寶藏，也輪不到我們。只是一顆大石頭而已吧！」

蕭世耘不以爲然地說，繼續奮力挖掘。但沒挖幾下，自己也鏟到一塊堅硬異常的東西。

他忍不住蹲下來，用手把地洞底部的泥土撥開，只見下面似乎埋著一塊灰白色的石板。

石板的材質和色澤，讓他直覺聯想到村外墓地的那些石棺。

十六・陵山／崖塚

一旁的呂明徹也看到泥層裡露出的東西，臉色乍變，額頭冒出涔涔冷汗。

「不會吧？挖、挖到棺材了？這也太……太……」

蕭世耘心想，如果這下面埋的東西眞的是石棺，那也許這一片區域也是屬於史前遺址，不應該隨意開挖，於是轉頭徵詢衛綾月的意見：「這下面有石板擋住，沒辦法挖深，塔塔躺在這裡也不安穩，不如我們另外找個地方？」

衛綾月同意了，另外選擇塔塔以前也經常躺臥的大櫸木樹下，作爲牠的長眠之地。

這次他們很順利地挖了一個大坑洞。

埋葬完畢後，衛綾月整個人伏在塔塔的封土堆上大哭。

爸媽失蹤了，奶奶死了，連塔塔都離開了，她眞想就這樣倒在這裡，永遠不要起來，反正她活著也沒什麼意義了……

蕭世耘見她哭得傷心，也忍不住紅了眼睛。

呂明徹擦去不小心滲出眼眶的淚水，擤掉鼻涕，對衛綾月說：「我知道妳很難過，看到塔塔死掉，我們都替妳難過……但是，現在還有其他的事要做。總不能讓妳奶奶一直用那種奇怪的姿勢躺在門口，還有滿地的血……等一下村民們上來看到，會嚇死的。起來吧！」他伸手握住衛綾月纖細的手臂，試圖將她拖曳起來，拉到衛綾尤瑪的小屋前面。

蕭世耘連忙制止呂明徹的粗暴行爲。以他對呂明徹的了解，他明白對方是想轉移衛綾月的注意力——如果讓她一直沉溺在淚水中，那種巨大的悲傷將會把她徹底擊垮。

但現場的狀況實在太過慘烈，他認爲此時此刻不應該逼迫衛綾月再次面對、甚至要她親手收拾殘局，這樣太殘忍了。

於是他脫下登山外套蓋在她身上，讓她暫時待在大櫸木下，自己則把呂明徹拖到小屋外。

「先讓她冷靜一下！收拾善後的事，我們兩個做就好了。」

「好吧！聽你的。」呂明徹嘆了一口氣，看著眼前的一片血腥狼籍，不由得眉頭緊皺。「地上的血跡可以用大量的水沖刷掉，屍體怎麼處理？就算用水沖乾淨，可是那隻直挺挺的右手……大概不能靠蠻力硬把它壓下來，如果不小心折斷，我們就慘了，毀損屍體，要坐牢的。」

蕭世耘認眞地思考解決辦法。此刻他不由得心想，如果表哥在的話就好了。

羽田野身爲古老神社的宮司之子，從小在歷任神主的指導下鍛鍊修行，想必靈力修爲不差。可惜他昨天爲了和通曉小篆的朋友聯絡，前往下部落去了。

思索許久，蕭世耘驀然想起一件事：「我曾經在網路上看過，據說人死之後，屍體維持僵硬的時間大約是三天，三天之後屍體就會變軟。如果從阿月說她奶奶死了的那一天算起，已經將近七十個小時，說不定等一下屍體就自己軟化了。我們先把血跡處理掉！」

所幸在他們刷洗地板血跡時，衛綾尤瑪的遺體逐漸軟化，原本硬如鋼鐵的右手自行垂了下來，讓他們大大地鬆了一口氣。

目前爲止，在這座山上發生的種種詭異之事，已經使部分救難人員感到恐懼，暗地裡疑神疑鬼，人心惶惶；如果再傳出屍變這種駭人聽聞的消息，八成會把很多人嚇跑。

地板清潔完畢後，他們把衛綾尤瑪身上的血跡擦拭乾淨，再從小屋內的箱籠裡找出一件黑色衣服，替換染血的壽衣。

用來代換的黑袍和衛綾尤瑪死前穿的，樣式大不相同，但由於遺體通常用麻布蓋著，大概不會有人無聊到掀開來看看，所以他們並不擔心這些細微的破綻會被發現。

雖然做這些事的時候，二人的手抖到連抹布都扭不乾、刷子也握不好，可總算趕在村民們提著食籃上來祭拜的前一刻，將一切粉飾太平。

◈

接下來幾天，蕭呂二人盡量陪伴在意志消沉的衛綾月身邊，不時安慰她。即使極度害怕那個生前就陰森古怪的老祭司再度屍變，然而讓衛綾月一個人去，他們也放心不下，只好硬著頭皮陪她守靈。

在這期間，針對那三名登山社學生的搜救行動，因早已超過法定救援時限，卻依然毫無收穫，指揮官只得下令結束搜救。

數日前獨自前往下部落採購糧食的羽田野，在衛綾尤瑪頭七那天中午回到村子時，原本人來人往的指揮所已變得冷冷清清，只剩下不願放棄而苦守在此的失蹤者家屬，以及家屬僱用協尋的民間救難團體。

他揹著沉甸甸的登山大背包走進衛綾月的小屋。

剛吃過午餐、正在收拾餐具的蕭世耘看到他回來，非常高興，連忙迎上前接過他的大背包。

「哥！你總算回來了！為什麼去了那麼多天？你朋友看得懂那本書嗎？」

「欸……這個，其實……對方好像看得懂，但也不確定自己是不是真的看懂了。」羽田野有些尷尬地抓了抓頭，模稜兩可地說。

「這是什麼意思？」呂明徹困惑地挑眉，「介於懂和不懂之間？」

羽田野在客廳的圓凳上坐了下來，端起蕭世耘倒給他的茶水一氣而盡。

「我朋友說，那書上的字確實有點像小篆，也就是秦始皇統一天下以後，到漢朝隸變之前，中國地區通用的字體。但很多地方多了好幾畫，或少了好幾畫，除此之外，不符合中文造字原則的怪字也很多，所以她無法判斷那究竟是不是小篆，還是其他古老的字體。她拿著我傳給她的照片向熟識的大學教授求教，但沒有人能辨認得出來。」

「喔。」蕭世耘似懂非懂地點點頭，等待羽田野繼續說下去。

「我拜託她務必設法幫忙，對方想了很久，決定把那些有一點像小篆的字都當成小篆來解讀，結果意外的發現，有一小部分文意好像可以勉強理解，她就把那些段落翻譯成白話。不過，對方再三強調，她說的內容不一定對，因爲這些翻譯是基於訛誤百出的文本，而且中間闕漏不少，所以只能作爲參考而已。」

「能翻譯已經很好了！那些內容是什麼？」蕭世耘連忙追問。

羽田野告訴他，對方由勉強能解讀、但未必正確無誤的段落，拼湊出以下概略——

交趾國以東，有一座海上仙島，其間樹木數千年不死、人多長生，《山海經》謂之「不死國」，秦漢時代則稱爲「東鯷」。

漢帝好長生，派遣官居一品的大臣，率領大批軍隊，前往東鯷，尋找上古之書記載的長生草。

大臣於某山尋獲長生草，竊服之，竟成不生不死、半人半鬼之狀，且殊畏日。

大臣遂役使當地土人，開鑿大山，修陵山崖墓爲塚，以納天地山川之氣。竣工之日，生殉土人數百，石棺殮於南郊。

設「衛綾者」，年年以活人獻祭。

「我朋友說，整本書的內容，她『可能』看得懂的，就是這些。還說原文十分簡略，她的翻譯或許不夠精準，叫我們隨便聽聽就好。」

「……這是什麼神話？《山海經》？《搜神記》？」呂明徹乍聽之下，覺得有些荒謬。難道老祭司家族代代傳抄的《靈首之書》，實際是一本神話故事書？

「等等，你朋友是不是提到『衛綾者』三個字？這是指阿月他們的衛綾家族嗎？」蕭世耘好奇地追問。

「喔！對了！我朋友還有特別說到這個。她說『衛綾者』好像寫錯字了，根據前後文意，應該是衛『陵』者——書中記載的陵山崖墓的『陵』字——才對，也就是負責守陵的人。但這些守陵人的工作好像不單單只是看守陵墓，還要每年抓活人來進行獻祭……」羽田野盡力回想他朋友說過的內容。

「活人獻祭……原來，神代欅玉命說的，都是眞的……」外表憔悴不堪的衛綾月，不知何時出現在自己的房門口。

如果羽田野說的內容眞實不虛，那他們衛綾氏就是世世代代爲了侍奉崖塚魔物而存在的家族，「部落祭司」只是個假身分。

奶奶說過，自從她接任祭司之後，因時代觀念的轉變，不再進行活人獻祭的儀式。然而，這一百多年來，消失在這座山上的人不計其數，除了外來客，還有許多靈首村的村民也下落不明，這些人的失蹤，恐怕和欞星門峰下的魔物脫不了關係吧！

想起衛綾尤瑪拒絕爲失蹤者占卜，並從一開始就斬釘截鐵地認定失蹤者必死無疑的事，衛綾月不禁不寒而慄。

由於衛綾家族二千年來皆效忠於崖塚裡的魔物，當她試圖找出崖塚入口時，負責守衛的鬼兵才會將她視爲叛徒，想要殺了她。

所謂「靈門傳說」大概也是假的，那些失蹤在這座山上的人，一定是被神出鬼沒的陰兵當成活祭品抓走了……

包括她的爸爸、媽媽。

他們和其他失蹤者的遺骸，還在欞星門峰裡面嗎？還是早就被魔物吃得連骨頭都不剩了？

「阿月妳剛才說誰？我沒聽清楚。什麼舉什麼命？」呂明徹好奇地問道。

「阿月，妳先過來這裡坐著。」蕭世耘將她攙扶到桌邊的椅子坐下，爲飲食清減的她泡了一杯熱牛奶，再把剛才羽田野說的內容複述一次給她聽。

緩緩喝完一杯牛奶之後，她紛亂的思緒似乎清晰了一些，於是把神代櫸玉命的事詳細告訴他們。

「原來是被樹靈同化的神明大人啊！難怪那天我覺得神社透出的氣息有些奇怪。」羽田野露出恍然大悟的表情。「話說回來，那位神明大人眞是可憐，如果可以的話，我眞想幫幫祂。」

「你要怎麼幫？」呂明徹挑眉問道。

「這個……我也不知道。我的靈能修爲相當有限……」羽田野習慣性地搔搔頭。「不過，如果請教家大人，他應該會有辦法。」

「可惜，在這個地方想跟姨丈聯絡，實在很不容易。」蕭世耘遺憾地說。

「就是說啊……沒有手機訊號的地方，眞的很麻煩。」羽田野苦笑道。

「阿月，妳覺得我表哥的朋友翻譯出來的內容，可以相信嗎？」蕭世耘轉向衛綾月問道。

「我相信。」衛綾月堅定地說。「和神代櫸玉命告訴我的差不多，只是祂不清楚那個魔物的來歷。還有，我們那天在欞星門峰遇到鬼兵時，對方確實叫我『衛陵者』；但我不明白，我是奶奶收養的孩子，不是眞正的衛綾族人，那些鬼怪爲什麼會認定我是衛陵者？」

「可能是因爲妳繼承了衛綾家族的『家名』吧！在一些地方，『家名』的傳承比血統重要。」羽田野沉吟道。

「這麼說，那些鬼兵在害死塔塔之後，還會繼續攻擊我了？」衛綾月平靜地說，臉上未見絲毫懼色。

「阿月小姐請放心，在下羽田野眞，一定會盡力保護妳的安全！雖然我目前還在修習當中，法力尙淺……」

「沒關係。它們不來找我，我也會去找它們。」

「阿月，妳的意思是……要去書中記載的那個叫做崖塚的地方？」蕭世耘大驚失色。「爲什麼？那裡非常危險！那天我們只是在外面而已，就差點受到攻擊……」

「那些鬼怪抓走我爸媽、殺死塔塔。神代欅玉命也說一定要除掉那個魔物，不然會有更多人受害！」衛綾月悲憤地說。

「呃……話是這麼說沒錯……我們的同伴八成也是這樣被抓走，可是，妳有什麼辦法可以除掉那個魔物？靠那個名字很怪的神明？妳不是說那個神明現在已經虛弱到必須依附在生物體內，才不至於魂飛魄散嗎？祂都自身難保了……」

雖然呂明徹也覺得應該要除掉那個拿活人當祭品的魔物，不過他們三個只是普通的小老百姓，哪來那種斬妖除魔的能力？

至於羽田野嘛……呂明徹心裡暗自覺得這位跟他們年紀差不多、都還只是大學生的靈能力者，似乎不太靠譜。

「《靈首之書》不是有提到魔物的弱點嗎？魔物害怕太陽，也許我們可以針對這一點對付它。」衛陵月說。

「可是，要怎麼到達崖塚內部？妳說的那位神明前去查探櫺星門峰，有任何消息嗎？」蕭世耘的態度十分積極。

如果他那三名夥伴也是被傳說中的魔物抓走，就算會有生命危險，他也必須想辦法救人。即便已慘遭不幸，至少要帶回遺體。

衛綾月搖搖頭，「神代欅玉命到現在還沒回來，我也有點擔心祂。」

「那天我們發現爐星門峰的石壁後方，好像存在一個空間，說不定就是崖塚所在的地方。但要從那裡進去，似乎是不可能的，條石非常堅硬，而且有鬼兵鎮守……」蕭世耘認真思索著。「有沒有其他出入口可以走呢？」

其他人也陷入沉思中。

「我想到了，有一個辦法，也許可以找到線索。」衛綾月忽然說道。

「什麼辦法？」

「問我奶奶。」

呂明徹聽她這麼說，原本充滿期待的臉瞬間垮下。「阿月，妳奶奶已經……」

衛綾月沒有理會他，逕自說道：「在靈首村的喪葬儀式中，有一個『喚靈儀式』，在死者出殯的前一天晚上，會由部落祭司召喚亡魂，暫時附在村民身上。」

呂明徹光聽就覺得毛骨悚然。「這樣做的用意是什麼？」

「祭司可以和亡魂對話，藉此了解死者有什麼未完成的心願，或者掛念於心的事。完成喚靈儀式後，死去的人才能安心離開人界。」

「妳是想召回老祭司的亡魂，直接問她崖塚的入口？」呂明徹終於明白她想做什麼。雖然有點可怕，但確實是最直截了當的方法。

「如果老祭司的家族眞的是世代效忠於魔物的衛陵者，她大概不可能告訴妳崖塚的入口。」蕭世耘憂慮地說。

「我知道。不過不管怎樣，還是先把奶奶的魂魄召回來再說，我有很多問題想問她。」

蕭世耘點點頭，表示同意。「那我們今天晚上守靈的時候，就來試試看！妳能執行喚靈儀式嗎？」

「我知道咒語和祭儀，但我沒有召喚亡者的能力，不過我想……」她說著，轉頭望向羽田野。

十七・喚靈儀式

半夜十二點整，羽田野手持長長的菖蒲葉和桑枝，口中誦唸聲調詭異的咒語，在衛綾月的引導下，進行喚靈儀式。

雖然羽田野本人對此沒什麼自信，不過除了他之外，便沒有其他更適合的人選，只好硬著頭皮上陣。

他站在衛綾尤瑪的遺體前，作爲亡魂附體對象的蕭世耘，則端坐在一旁的凳子上，四肢分別以白色苧麻繩綑縛。

衛綾月和呂明徹立在稍遠處，心中忐忑不安地等候降靈的時刻。

羽田野聚精會神地施咒喚魂，經過漫長的一段時間，覆蓋在遺體身上的麻布無風自動、緩緩掀開。與此同時，一縷慘淡綠光幽幽浮現在蕭世耘的額頭。

原本雙目緊閉的蕭世耘，赫然睜眼，變得白濁渾沌的眼睛凶光乍現，迥異於常。

他一開口就說了一長串的日語，口氣森冷凌厲，彷彿在罵人。雖然蕭世耘本身就會講日語，但嗓音聽起來卻完全不一樣。

衛綾月聽到衛綾尤瑪的聲音，忍不住熱淚盈眶。「奶奶！」

被附身的蕭世耘從羽田野身上移開視線，轉向衛綾月之後，眼中凶光頓斂，隱含些許困惑和無奈。

「我不教妳喚靈之術，就是不希望妳在我走後，召我魂魄，沒想到妳……」

衛綾尤瑪改以族語對她說話。那從蕭世耘口中發出的夾帶大量彈舌音的怪異語言，聽得呂明徹目瞪口呆、頭皮發麻。

「奶奶，妳爲什麼不說一聲就突然走了？爲什麼不等我回來？」

『蕭世耘』搖搖頭，說道：「我的離開並不突然。『生有日，死有時』，只不過是時間到了，妳不要在意。阿碧應該已把我的遺言告訴妳，妳要快點離開靈首村。」

「爲什麼？」衛綾月不解地問。「我繼承了妳的祭司職位，不是應該留在這裡爲村民祈福嗎？如果我離開村子，誰來擔任部落祭司？」

「靈首村已經不需要祭司。這裡的人很快都會死去。」

衛綾月聞言大驚。村裡的居民雖然年事已高，但也不至於在短期內全部死掉，莫非……

「和崖塚裡的魔物有關，對不對？」

『蕭世耘』驀然瞪大了白濁的雙眼。「妳能解《靈首之書》？」

衛綾尤瑪震驚異常。《靈首之書》代代由祭司傳抄，至今已有兩千多年。傳給衛綾月那本，雖是她親手抄錄，不過連她自己都看不懂上面的文字，只能勉強照著原字抄寫。關於陵山崖塚及衛綾家族的祕密，是由她的姑姑——上代祭司親口告訴她的。

「長久以來，在這座山上失蹤的人，都是被那藏在山裡的魔物吞噬了，對不對？而奶奶妳……是幫凶。」衛綾月聲音微微顫抖地說出對衛綾尤瑪的指控。

從小到大，她一直以為擔任部落祭司的奶奶，是正直善良的一方。奶奶自八歲接任祭司起，接受村民們輪流供養，至今一百多年，眾人將她視若神明化身、無比敬畏愛戴，不料竟私下殘害那些純樸無辜的村民……

表面上說順應時勢廢止祭儀，私底下仍繼續以活人獻祭！

「侍奉主上，是衛綾一族與生俱來的職責。」衛綾尤瑪面無表情地說。「靈首村民都是主上侍衛的後裔，能為主上犧牲，是他們的榮幸。」

「妳在說什麼……隨意奪取別人的生命，這算什麼榮幸！」衛綾月難以置信地瞪著對方。「那些人，還有我的父母，為什麼非要為那個魔物犧牲不可？」

「只要吸取夠多的生靈，當年誤食魔草的主上就可以擺脫半妖半鬼的姿態，重生爲人。」衛綾尤瑪渾濁的眼珠驟然迸現一絲光亮。「經過兩千多年的努力，如今，主上復活的時刻近了，我終於可以安心入冥。」

「魔物復活？它復活之後會怎樣？」衛綾月驚問道。她直覺認爲這絕對不是一件好事。那麼殘忍的魔物，爲了一己之私，兩千多年來殺人無數，萬一復活，恐怕將帶來更大的浩劫。

神代欅玉命必然也因憂心魔物禍世，才一直試圖阻止。

「將來的事，已與我無關，也與妳無關。快離開這裡吧！走得越遠越好，忘記靈首村的事，重新開始妳的人生。」衛綾尤瑪意有所指地說，似乎在暗示什麼。

衛綾月想再追問時，蕭世耘額間的綠光消散，雙眼倏然闔上。

「奶奶！」

再度睜開眼，蕭世耘一臉茫然，完全不知道剛才自己身上發生過什麼事。

◆

天亮之後，四人垂頭喪氣地回到衛綾月的小屋。

結果，她完全沒問到關於崖墓入口的事。

但以奶奶對崖塚魔物的忠誠度看來，即使她問了，奶奶大概也不會回答，說不定還會反過來對付她。

目前除了得知魔物即將復生、且可能爲此犧牲靈首村剩餘村民之外，其他一無所悉，衛綾月不禁有些沮喪。

山這麼大，上哪找山體深處的崖墓入口？甚至，她連是否眞的存在其他入口都不能確定。

如果櫺星門峰的山壁是唯一入口，封石磊磊，要如何突破？魔物隨時會將村民當成祭品抓走，要如何阻止？思及此，她深切感受到一股無法言喻的壓力。

蕭世耘等人聽完衛綾月轉述的內容之後，心情都很沉重。

「雖然村子裡那些老人跟我們沒有任何關係，而且說難聽一點，他們可能再活也沒有多久了，但我們總不能見死不救，你們說是不是？」呂明徹對著其他兩人說道。

「什麼再活也沒有多久，有夠難聽。」蕭世耘忍不住微微皺眉。「如果比照老祭司的歲數，村裡那些老人家起碼還能繼續活四、五十年。」

「當然不能見死不救，問題是，我們要怎麼進去那個傳說中的崖塚？」羽田野看向衛綾月。「阿月小姐，還有其他線索嗎？」

衛綾月只能搖頭。

「村子裡有沒有什麼禁忌的洞穴之類的？」呂明徹問道。

「洞穴？問這個做什麼？」她反問道。

「我看過台灣魯凱族的傳說故事。魯凱人說，在某座山上有個大洞，只要走進那個洞穴，就可以通往地底人居住的地下部落，但後來發生了一些事情，那個洞穴被魯凱人視爲禁地，不能再進入。說不定在這座山上，也有像那樣直通地底的洞穴。」

衛綾月聽了，認眞地想了一下。「被村人視爲禁地的，只有湖邊那片樹林，還有欏星門峰，沒聽說過有什麼洞穴……對了，還有村南那片史前遺址，在我爸媽和其他人類學家失蹤之後，也被村民列爲禁地。」

「是因爲他們在那裡失蹤，所以才被當成禁地的嗎？」蕭世耘忍不住問道。

「嗯。村民們都說，我爸媽他們在那裡做了不該做的事，觸怒神靈，所以才會失蹤。」

「他們做了什麼？」蕭世耘也曾聽村裡的老人說起這件事，一直很想找機會問清楚。

「我記得那一天，他們小心翼翼地撬開一座石棺。上面那塊石板挪開之後，所有人都非常震驚。」衛綾月在腦海中努力搜索十二年前的記憶片段。

「爲什麼？他們看到了什麼？」三人連忙追問。

「石棺內側刻滿了圖案。我爸說，石棺的主人可能是在活著的時候，被關進石棺裡，石棺內部的石刻，就是那人死前用身上的鐵器刻下來的。」

「生殉活埋，這麼殘忍。」蕭世耘三人不禁神色慘然。活生生被關進石棺，在極度恐懼中無助地迎接死亡，他們光是這樣想像就感到頭皮發麻。

「撬開石棺的當天晚上，爸媽他們就突然失蹤了。」

「也許他們的失蹤和那個石棺有關。」蕭世耘猜測道。「說不定是因爲無意中發現了什麼祕密，所以被鬼兵抓走了，就跟我們那天在欞星門峰遇到鬼兵現形的狀況一樣。」

呂明徹點頭附和，「有可能。阿月，妳記得石棺裡面刻的圖案嗎？」

「當時我雖然在旁邊，但我沒去看。」幼時的她，對爸媽的工作完全沒興趣。

「那後來那個石棺怎麼了？」

「我爸他們研究完之後，就把上面那片石板蓋回去了。」

「妳還記得那個石棺的位置嗎？」蕭世耘連忙問道。

「不記得了，但要找出來也不難，我爸在那個石棺上蓋了特別多層的瀝青紙和防水布，應該很好辨識。」

呂明徹看蕭世耘雙眼放光、躍躍欲試的樣子，心裡有種不好的預感。「你該不會想要去把那個石棺挖出來看吧？」

「嗯，只要有一點點希望，都必須把握，不能放棄任何線索。」

「但那是兩千多年的史前遺物，不是我們這種對考古一竅不通的菜雞可以亂挖的吧！萬一不小心毀損，我們就變成歷史罪人了。」呂明徹面露難色。

「我們這樣做是爲了救人啊！活生生的村民們，跟沒有生命的文物，你選哪一個？」蕭世耘轉向羽田野問道：「哥，你也同意我的做法對吧？」

「我是沒意見啦……你想怎麼做，我都配合。」

「可是隨隨便便去挖別人的棺木，我們會不會被詛咒啊？」在山上待了這段時間，遇到一堆不可思議的怪事，呂明徹覺得自己的膽子已經練得很大了，但太過缺德的事，他還是不敢做的，唯恐招來報應。「再說，刻在石棺裡的圖案，也不一定跟崖墓入口有關……」

「不試試看怎麼會知道？」

「先別吵了。」衛綾月出聲制止爭議不休的二人。「如果你們只是想看看石棺裡面的圖案，我有辦法，不用開棺也可以看到。」

「什麼辦法？」另外三人異口同聲問道。

「石棺打開之後，我爸曾對內部進行攝影和照相……」

「眞的嗎？眞是太好了！」蕭世耘喜出望外地說。

「應該早說嘛！」呂明徹大大地鬆了一口氣。「有照片就好辦了，這樣就不用去挖別人的棺材板。」

「沒有照片。」

呂明徹頓時瞠大眼睛瞪著衛綾月。「妳剛才不是說有拍照？」這是在整人嗎？

「我爸媽失蹤之後，受理這件案子的警察清點他們的個人物品時，就發現相機不見了，所以沒有照片。不過，我爸有把其中一面石板的圖案臨摹在自己的筆記本上。」衛綾月說完之後，走回自己房間，從爸爸遺留下來的書籍中抽出一本手札。

她翻開最後一頁。微微發黃的白紙上，用素描鉛筆勾勒一些簡單的線條，乍看之下以爲是幾何圖形，仔細辨識才發現，似乎畫的是三座山。

前面第一座山最矮，山頂上有個打X的符號；第二座位於第一座後方，略高一些，山壁上突出一個平台，台上有個像是火柴人的東西；後面最高的那座山，頂部雙峰高聳並立。

「這個，該不會是欞星門峰吧？」呂明徹指著第三座山說道。

「形狀眞的很像。」蕭世耘點頭。「那其他兩座，是什麼地方？」

衛綾月認眞地端詳圖畫，思索著這個從來沒想過的問題。羽田野對這附近的山勢地形不熟，看了老半天，也看不出所以然，無法提供意見。

眾人盡皆默然。過了許久，衛綾月忽然說道：「以方位來看，北邊是欞星門峰，而南邊打X這裡，應該是神社的位置。至於中間那座，山壁上有平台突出的地方……」

「難道是那裡！」呂明徹打斷衛綾月的話，露出恍然大悟的神情。

「你知道中間那座山在哪？」蕭世耘連忙追問。

「你忘記了？那個懸崖下面，我們發現小隊長的地方，就是山壁上突出的平台啊！而且你看，這畫裡面躺在平台上的火柴人，不是跟小隊長摔死的樣子很像嗎？」

蕭世耘聽呂明徹這樣說，回想起那天小隊長陳屍的位置，再對比眼前的圖畫，不禁背脊發涼。「這是巧合嗎？或者是什麼可怕的預言？」

兩千多年前的生殉者石棺刻畫，竟預言了小隊長的死亡？

「我覺得，應該不是什麼預言。」羽田野跟蕭呂二人比起來，顯得格外冷靜。「你們想想看，如果你們是那個活生生被關在石棺裡的人，還會有心情去預言別人的死活嗎？」

「這麼說，就只是巧合了？」

羽田野搖搖頭，「沒有那麼單純。根據我朋友翻譯的《靈首之書》內容，被葬在村子南邊墓地的人，就是修築陵山崖墓的工匠，所以他在死前刻下這些東西，可能是想透漏些什麼祕密或訊息。」

「有可能！如果是我被害得這麼慘，被抓去蓋墓又被迫活埋殉葬，一定想辦法掀了那個大臣的墳，讓對方也躺不安穩！」呂明徹說。

羽田野點點頭，「也許那個被迫活殉的人，就是懷抱著這種心態，透過刻下崖墓位置的相關訊息，來宣洩心裡的怨恨吧！如果這圖形所指的眞的是傳說中的崖墓，那這山壁上的平台，我猜應該是具有特殊意義的，所以才會特別畫出來……」

「神饌台。」衛綾月忽然說道。

「神饌台？」

「小時候聽奶奶說過，村子北邊的山壁上，有一座神饌台，歷代祭司就是在那個地方進行生人獻祭儀式。詳細祭儀過程我不清楚，也許這部分奶奶原本就沒告訴我，只記得她說，把用來當祭品的人放在神饌台上，隔天那個人就會消失不見。」

「消……消失嗎？」羽田野大感驚異，隨即陷入沉思。「那個神饌台附近，會不會有崖墓的入口呢？被當成祭品的人說不定就是經由那裡送進崖墓，所以才會從台上消失。」

「這要下去看看才知道。」蕭世耘說。

「別開玩笑了！那個平台上的人會消失不見，難道不是掉下去的嗎？平台面積那麼小，大概只有容納一個人躺平的空間，萬一不小心踏空出界，底下可是萬丈深淵啊！誰敢下去查看？」一想起那個平台險峻的形勢，呂明徹直打退堂鼓。

「用登山繩做好確保就沒問題了，讓我來吧！」蕭世耘堅定地說。

十八・臨終遺志

懸崖邊山風颯颯，蕭世耘將登山繩綁在身上做確保，準備沿著峭壁垂降而下。

此時接近正午，但天際雲翳霧隱，日照淡薄，四周顯得幽黯。

「你眞的要下去？要不要再考慮一下？現在後悔還來得及喔！前幾天搜救隊的小隊長就是摔死在這裡，眞的很危險啊！」呂明徹擔憂不已地說。

「沒事。後來其他救難員也是這樣垂降下去，將小隊長吊掛上來。只要裝備齊全，沒什麼好怕的。」

「可是萬一像上次在山頂那樣，一群鬼兵突然衝出來喊打喊殺……」呂明徹還是很不放心。

「別擔心，我表哥在這。不管遇到什麼危險，表哥一定有辦法會救我的。」

「阿耘！我沒想到你居然這麼信任我！」羽田野簡直感動到熱淚盈眶，於是用力拍拍自己的胸脯說道：「放心！如果有任何狀況，我羽田野眞就算豁出性命，也一定保你平安！你安心地去吧！」

「小心。」衛綾月輕聲叮囑。

蕭世耘對她點點頭，開始謹慎地垂直陡下。

下方平台距離崖上約五、六公尺，兩層樓高，從小受過攀岩訓練的他很快就順利抵達。

與峭壁連成一體的凸石平台十分窄小，他必須將身體緊貼內側站立，才能避免被強勁的山風颳落谷底。

如今親身站在這個地方，他才憬然發覺，當初小隊長那般湊巧摔死在這麼狹窄逼仄的平台，沒有翻落山谷，實在是很不可思議的事。

死者的掉落點，彷彿就像特地設計好的一樣。莫非當時眞有什麼不知名的力量控制著他嗎？

這樣一想，蕭世耘驀然感到全身的毛細孔在凜凜山風中強烈收縮，寒毛倒豎。

他搖搖頭，用力甩開這些胡思亂想，拿出手機，一邊拍照，一邊觀察平台內側，想找找看是否有什麼洞穴或大型裂縫之類的，結果什麼都沒有。整面山壁十分堅實，且如刀切般光滑平整，毫無隙縫。

再三確認之後，他晃動繩索，通知上面的呂明徹等人將他拉上去。

羽田野一邊聽他描述平台的狀況，一邊仔細端詳剛才拍攝的照片，說道：

「果然沒有其他通道，這是『一枚岩』。」

「一枚岩？」

「指的是一整塊沒有裂縫的大山石，這種岩壁質地通常堅硬無比，要挖穿通道不太可能。」羽田野說。「看來入口不在這裡，我們先回去吧！」

◈

返回衛綾月的小屋，四人吃過午餐之後，繼續討論崖墓的其他入口。

「唯一可能的地方，就剩這裡了。」呂明徹指著手札上那個畫X之處——靈首神社所在的小山丘。

「神社周圍地形我很熟，只是普通的山丘，沒有任何山洞或地道。」衛綾月篤定地說。

「那就奇怪了，難道是我判斷錯誤嗎？也許山體內部的崖塚根本不存在其他通道。如果是這樣的話，那被活埋的工匠在死前刻下這些圖案，有什麼用意呢？」羽田野皺眉深思。

「我覺得你一開始想的沒錯。工匠死前的刻圖一定是爲了透露重要的訊息，而阿月的父親可能也清楚這一點，才會特地將圖案臨摹在筆記本上。」蕭世耘說道。

呂明徹連連點頭，「很有道理，我也這麼覺得。如果不是很重要的訊息，考古人員拍照也就夠了，何必特地用手畫下來。可是阿月說神社附近沒有類似入口的地方，那標記這個X是什麼用意呢？」

「什麼用意呢？」羽田野順著呂明徹的問題，認眞思索片刻，轉向蕭世耘問道：「如果畫這張圖的人是你，爲什麼會在神社這個位置畫X？」

「如果是我的話，打X是用來提醒自己和其他人，那個地方有危險，不要靠近。」蕭世耘回答道。

呂明徹對他的回答相當不以爲然。「那個工匠和他的同伴都已經被活埋了，關在棺材裡等死的節骨眼還管它危不危險？如果是我，打X表示我恨死那個地方，巴不得把它摧毀掉才對！」

「阿徹先生說的，比較符合當時的情境。被關在棺材裡，絕望到了谷底的時候，好像也只能這樣發洩情緒。這麼說來，刻圖的工匠是想毀掉神社洩恨？」羽田野猜測道。

「不是神社。」蕭世耘糾正對方的說法。「靈首神社是一百年前蓋的，而石棺遺址的年代距離現在大概有兩千多年，當時根本沒有神社，但可能原址有其他的……」

他話說到一半，忽然停了下來。

「怎麼了？」羽田野還在等他說完。

「我想起來了！靈首神社的底下，好像有其他的建築結構！」蕭世耘有些激動地轉向呂明徹和衛綾月問道：「還記得嗎？我們要埋葬塔塔的時候，在神社下面挖到一大片石板！說不定崖墓入口就藏在那下面！」

「有可能。當初神社是由我奶奶負責選址建造，也許她是爲了遮掩崖墓入口，才故意把本殿蓋在那上面。」

自從奶奶收養她之後，她看到奶奶日日守在神社旁的小屋，寸步不離，連下面的村子也從不涉足。原以爲這就是部落祭司的職責，如今回想起來，當時奶奶除了不間斷地對神代櫸玉命施加詛咒之外，可能同時也在守護著陵山崖墓的入口吧！因爲奶奶是「衛陵者」。

蕭世耘立刻站了起來。「我們現在就去挖開來看看！」

「不行。」衛綾月搖搖頭。「白天都有村民守在我奶奶靈前，現在挖一定會引起騷動。等他們回家，我們再行動。」

◈

下午四點，暮色漸漸降臨，暗紅的斜陽爲瀰漫在杉木林間的夕霧染上不祥之色，血光一般。

衛綾月等人揹上個人裝備，順著小屋前的階梯往上走。

踏在石階表面厚實綿軟的青苔上，蕭世耘回憶起剛到靈首村時，曾在半夜看到奇怪的隊伍往神社方向前進。

隊伍中央的人合力扛著一個巨大的長方形箱狀物，走在前頭和後方的人則手持黑白二色的旗幟。他最初以爲是村子裡要舉行什麼祭典，但如今細想，忽然覺得那簡直像極了送葬隊伍——

長方形大箱籠是棺材，而黑白旗幟是招魂幡。

會不會是兩千年前的送葬者，至今猶在這條來時路上遊蕩呢？萬一又出現了……

他越想心裡越忐忑，忍不住回頭張望，看到走在自己背後的羽田野，略微感到安心。

姨丈據說是法力強大的神主，表哥從小接受姨丈的培訓，也是修爲不差的靈能力者，應該沒什麼好擔心……

衛綾尤瑪的小屋前，負責一天三次奠祭亡者的阿碧婆婆正在打瞌睡，衛綾月上前將之喚醒。

「婆婆，妳先回家休息，晚上我負責拜飯就好。天陰陰的，待會要是下雨就麻煩了。」她這樣告訴對方。

年老體衰的阿碧巴不得這一句，連忙收拾好自己的隨身物品，轉身離開了。

估計她走遠之後，衛綾月等人立刻取出掘土工具開挖。

由於那個地點不久前才挖過，土質十分鬆軟，眾人沒費多少力氣就挖到石板處。

他們把周圍泥土全部清空，底下露出的石板面積約兩公尺見方，厚度很薄，質地摸起來和村外遺址的石棺類似。

「這會不會也是史前石棺啊？」準備撬開石板之前，呂明徹遲疑了一下。「挖開之後，下面該不會有具完整的屍體……」他越想越覺得害怕，雙手微微發顫。即便兩千多年前的遺骸至今早已化爲白骨，他還是不想看到。

「石棺不會是這種形狀吧！」

蕭世耘毫不猶豫地將鐵鍬插入石板下方，利用槓桿原理，四人合力將石板撬開。

石板移開之後，下方露出一個黑漆漆的圓形地洞。

呂明徹不禁大大地鬆了一口氣。

蕭世耘使用強力手電筒向下照明。

這個水井一般的大型豎洞顯然是人工開鑿而成，洞口邊緣有打磨痕跡，與地面垂直的洞壁也十分平整。內部直徑約兩公尺，藉由手電筒的光線反射，底部隱約可見。

蕭世耘俐落地在地面架設好固定點，綁上登山繩，率先進入。

沿著壁面垂直陡下約十公尺，來到地洞的底部，那是一個頗爲寬闊的空間。

他自背包拿出手電筒，四下查看。原本向下垂直開鑿的地洞在這裡轉了一個彎，變成橫向的地下通道，雖然看起來是傾斜向下，但坡度沒那麼陡，可以直立行走其間。

拿出指南針確認一下方位，地道朝北延伸，應是通往櫺星門峰的方向無誤。

他這樣想著，拉動繩索傳達暗號，通知上面的人。

呂明徹立刻就下來了。

藉由強力頭燈的光，看到前方無盡延伸的幽黯隧道，他不禁目瞪口呆，嘆道：「沒想到神社下面眞的有一條地道。那位工匠先生兩千多年前留下的臨終訊息，眞是幫了大忙了！」

接著下來的人是衛綾月，她告訴蕭世耘，羽田野會慢一點下來，大家先在這裡等他。

「爲什麼？」蕭世耘不解地問。

「我告訴他，入夜後，神社附近有時會有鬼怪出沒，就是你上次在石梯看到的幽靈隊伍。我爸爸當年在村外做研究時似乎也曾見過。根據他手札中的記載，他認爲那是山煞，並將它們稱爲『喪門弔客』。但我懷疑那並不是山煞，而是崖墓鬼兵的一種。羽田野先生聽完之後，就說要在地洞入口佈下結界，防止鬼物靠近。」

蕭世耘點點頭，拿起手電筒，繼續觀察四周環境。

眼前的隧道呈拱形，高約兩公尺，內部還算寬敞，可以容納雙人並行，壁面上挖掘的痕跡十分凌亂，還有許多大小岩塊自潮濕的泥層中裸露出來。

呂明徹往隧道內走了幾步，「兩千多年前的崖墓地宮就是長這樣嗎？還眞簡陋，牆面都隨便挖挖。」

蕭世耘發現地面兩側各有一道深深的壓痕，「你看，地上有車輪壓過的軌跡。這裡應該是運送棺槨或者建築材料的臨時便道，眞正的墓穴在更裡面。」

片刻後，羽田野才垂降下來。

四人順著微微傾斜向下的隧道往裡面走，羽田野走在最前方，衛綾月居中，剩餘兩人殿後。

越往深處，空氣越稀薄，隱隱有種呼吸困難的感覺，因此，一行人誰也沒有開口說話，漆黑的地道中，只有沉重的呼吸聲和腳步聲迴盪著。

過了一會兒，下坡路面轉為上坡。雖然坡度不大，但持續上升，走起來明顯比剛才吃力。

大約又走了半小時，他們來到一個非常廣闊的岩洞，高度目測約有十八公尺以上，寬度和深度則無法估計。山壁質地皆為堅硬異常、毫無裂隙的石頭，和剛才隧道裡的泥土層大不相同。

一股森冷的寒意驀然襲來，四人都忍不住渾身哆嗦，同時拉緊外套。

「這裡好冷啊！好像走進冰箱的感覺。」說話時吐著白煙的呂明徹忍不住用雙手搓臉增溫。迎面而來的冷空氣，讓他有一種鼻子都要凍掉的感覺。

即使是從小習慣高山寒冷氣候的衛綾月，也拉高圍巾掩住口鼻保暖。

「小心，崖墓入口可能就在附近，也就是說，隨時會有鬼兵出沒。」蕭世耘說著，看向羽田野。

羽田野不知何時已把一些符咒和念珠攥在手上，「放心吧！對付鬼兵什麼的，你表哥我很有經驗的！」

你哪來的經驗啊？鬼兵這種東西是多到滿街跑的嗎？呂明徹心裡對於羽田野說的話半信半疑，不過事到如今，也只能信任對方了。

依循指南針的方向，朝北方前進的時候，四個人不由自主地擠在一起，可能為了取暖，也可能為了彼此壯膽。

緩緩行進間，眾人的頭燈忽然照到一座宏偉的大門，整體修築在山壁間，高約三公尺、寬兩公尺，頂部以山石雕成飛簷斗拱，向外延伸，左右兩側則將岩壁鑿成半圓形的柱子，柱面還刻有一些簡單的紋飾。

「這就是墓門嗎？」呂明徹上前仔細一看，那外形雕刻得很像廟宇大門的，其實是一整面實牆，伸手摸了摸，壁面非常平整堅硬，就像水泥粉光牆一樣。「完全沒有縫欸，這要怎麼進去？」

其他三人也各自上前查看。

蕭世耘雙手到處摸索，發現這堵牆的溫度和石柱外側的光滑岩壁有些落差，沒有那種觸手生涼的感覺，質地明顯不同，用指甲一摳，有些微粉塵掉落。遂拿出背包裡的瑞士刀，用力刺向牆壁。

雖然因為牆壁十分堅硬而沒有刺穿，卻意外造成壁面龜裂，厚厚的灰色片狀物因此剝落，露出裡面的磚牆一角。

原來這座墓門是以大量黃土燒製的磚塊疊壘堆砌而成，將整個入口封死之後，在表面抹上堊土加固。

眾人見狀，連忙各自取出工具，將那層凝成片狀的堊土刮除，整面黯褐色的磚牆就徹底裸露出來。

「居然是用磚塊封閉墓門啊！」呂明徹輕輕撫摸那些磚塊，心中頗爲驚異。「兩千多年前就有磚塊這種東西了嗎？」

那些封門磚大小一致，體積大約是現代常見紅磚的三、四倍，每一塊的表層都非常平整水滑，磚塊與磚塊之間嚴絲合縫、密不透風。

「『秦磚漢瓦』鼎鼎有名，怎麼沒有？據說某些地區的人五千年前就在用磚塊蓋房子了。」蕭世耘一邊回答，一邊仔細研究要如何破門。他用瑞士刀的尖端戳了戳磚塊，「這些磚頭非常硬，看起來很難破壞。」

「早知道就帶打石機來。有打石機的話，一下就鑽破這面牆了。」呂明徹遺憾地說。

「我們沒有打牆的工具，試試看能不能把磚頭一塊一塊卸下來吧！」衛綾月說。

蕭世耘點點頭。「好像也只能用這種土法煉鋼的方式。」

四人當下商議，由身手最好的羽田野眞率先動手開鑿磚塊，以防變生什麼危險的突發狀況。

這座墓門採用乾砌的方式，磚塊與磚塊間沒有塗抹泥漿，羽田野用自己隨身攜帶的不鏽鋼登山鎬撬了幾下，其中一塊就略微鬆動了。

他將登山鎬遞給一旁的蕭世耘，戴著登山手套的雙手緊緊抓住鬆動的磚頭，用力一抽，一陣徹骨陰風倏然自牆上的黑色孔洞衝洩而出。

十九・破門而入

事發突然，眾人都嚇了一跳，以爲是什麼有毒氣體。

「表哥小心！」蕭世耘驚呼道。

羽田野連忙側身閃避。過了一會兒，從洞口吹出的那股寒風逐漸微弱，確定再無其他動靜後，他才鬆了一口氣。

「哥你沒事吧？」蕭世耘擔憂地抬頭望著他。

「沒事。那陣風冷得像冰一樣，可是好像沒有毒。」羽田野把手上沉甸甸的石磚遞給蕭世耘，繼續取下其他封磚。

拆除一小部分後，因爲看起來似乎沒有潛藏的危險，於是其他的人也加入協助拆除，四人一起作業，速度增快許多。

拆到磚牆高度低於視線時，展現在他們面前的，是一條自山體岩層中開鑿出來的石甬道，窈然深邃，彷彿怪物的喉嚨。

他們先將自己的背包丟過去，再踩著剛才拆下來堆在地上的磚塊翻過石牆，走進甬道。

周圍的岩壁打磨得相當平滑，在台灣鐵器時代剛開始的二千多年前，先民利用手邊有限的簡陋工具，竟能在堅硬的岩層中鑿出這樣平整的通道，令他們行走其間時，不由得心生敬佩。

這條甬道很長，走了大約十來分鐘，左右兩邊各出現一個房間，大約有五坪大小，高度約兩公尺，同樣是人工開鑿而成。

「我聽我那位朋友說過，這種房間在古中國的墓葬結構中，應該叫做『耳室』，是專門用來堆放陪葬品的地方。」羽田野說。

呂明徹聞言，眼睛一亮。「陪葬品？我看看這裡放了什麼！」雖然他對於盜墓這行為相當反感，但他也想看看在這座漢朝大臣修築的千年崖塚裡，究竟藏了些什麼？是否像書上描述的古墓一樣，盡是稀世珍寶？

他用手電筒往地上一照，只見滿地白骨嶙峋，堆積約有一公尺高。

眾人見狀一陣驚呼，都後退好幾步。

「我的天啊！這……」蕭世耘略定了定神，走上前細看，發現那些形狀尚且完整的骨骸巨大異常，顱骨的部分也和人骨迥異，似是獸骨，不禁鬆了一口氣。「這是野獸的骨頭。」

「是些什麼動物啊？居然用這麼多動物陪葬！」雖然是獸骨，羽田野看數量這麼多，也有些不忍心。

說。

「看不出來，不過體型這麼大，可能是梅花鹿或水鹿之類的吧！」蕭世耘

另一邊的耳室同樣堆了許多獸骨。兩間耳室內側的牆壁，都各有一道小門，似乎還可以通往其他的空間，不過他們誰也不想踏過這密密麻麻的獸骨去一探究竟，於是繼續往前走。

又行進了十公尺左右，走出甬道，來到前廳。寬廣壯闊的石窟大廳空曠異常，沒有任何想像中的擺飾陳設。

「不是我在說，這座墓還眞寒酸，進來這麼久了，連一件稍有價值的文物都沒看到，這位漢大臣一定很窮，唐山過台灣——沒半點錢。」呂明徹忍不住失望地說。「就算沒有金銀珠寶，來點書法字畫也好啊！」

像他們這種愛好歷史的人，對於古代文物多少都存著一點憧憬之情。

「別抱怨了，到目前爲止，鬼兵都還沒出現，我們就該謝天謝地了。」蕭世耘不像對方還有心情想那些。打從走進甬道那一刻起，他就一直提心吊膽，擔心鬼兵不知道會從哪裡突然衝出來。

「這麼說是沒錯啦，可是難得看到這種規模的古墓……」呂明徹的手電筒

光線在黝黑的大廳掃來掃去，忽見遠處有一片金字塔形狀的黑影。「那是什麼？椅子嗎？」

「過去看看，你們跟在我後面。」羽田野調高手電筒的亮度，將佛珠攥在手上，率先往黑影的方向走。

那是一座純黑色的三足巨鼎，看起來像煉丹爐，材質不明，內部和鼎身周圍堆滿白骨，積疊如山。由頭骨的形狀看來，明顯是人類骨骸。

衛綾月見狀，忍不住捂著嘴巴，驚駭不已。

這些是兩千年前殉葬者的遺骨，抑或是歷年來被當成祭品的犧牲者呢？數量之多、情狀之慘，令人不忍直視。她正想別開臉，忽見白骨堆中一個銀白色的物體反射手電筒的光，欻然一閃。

蕭世耘也看見那道光芒，蹲了下來，用手電筒照著地面骸骨堆。

只見一具遺骸的左手腕戴著一支造型特殊的銀色男用手錶，看起來似乎相當名貴。

「哇靠！手錶！這就是所謂的Out-of-place artifacts 嗎？」呂明徹驚呼道。「兩千年前的古墓怎麼會有這東西！簡直太神奇了！」

「想也知道不可能。」蕭世耘冷靜地說。「這具遺體顯然是近代才運進來的……」

正說著，忽然聽到身旁的衛綾月發出一陣像抽氣或啜泣的細微聲響，蕭世耘抬頭一看，對方單薄的身軀顫抖得像風中的落葉。

「阿月怎麼了？」

「……那是我爸的手錶！」她雙手在胸前緊握成拳，低啞的聲音十分壓抑，似乎正極力抑制激動的情緒。

其他三人聞言大驚，「妳確定嗎？」

「我爸的手錶……我從小看到大，背面刻有他的名字縮寫：*L.C.K.*。」

蕭世耘小心翼翼地將白骨手腕上的手錶轉過來，背面果然鐫刻著「*L.C.K.*」三個英文字母。

他看清楚之後，也忍不住倒抽一口涼氣。想不到阿月那失蹤十二年、眾人遍尋不著的父親居然會在這座古墓裡！他是自行來到這裡研究探險，或者是如同他們之前猜測的一樣，不幸淪爲崖塚魔物的祭品呢？

照遺體陳屍的方式看來，無疑是後者的可能性比較大，被某種不可抗拒的神祕力量攝入這座崖墓之內，肉體和靈魂成爲魔物的祭品。

那麼，那三名失蹤的登山社成員也在這裡嗎？蕭世耘這樣想著，心下一急，巴不得伸出手去翻找，但又怕破壞遺骨的完整性，造成後續辨識困難，只好靠著手電筒的照明仔細端詳那些白骨。

羽田野和呂明徹也蹲下來查看。沒多久，又在一具骨骼纖小的遺骸手臂發現一條黃金手鍊，細細的鍊條上串著幾片精雕細琢的金葉子，看起來十分雅緻。

「這是我媽的……是外婆留給她的遺物……」她緊咬下唇，竭力避免自己在此時失聲痛哭。

父母失蹤數年，她早已多次告誡過自己，不要再爲這件事哭泣，因爲哭泣無濟於事，就算眼睛哭瞎也沒有用。然而如今親眼看見雙親的遺體，無論如何自制都忍不住淚水溢流。

其他三人見狀，都不禁爲她難過。

「目前想把遺體搬回去，可能有點困難，要不要先把遺物帶走做紀念？我幫妳拿下來……」呂明徹語帶同情地問道。

衛綾月深吸一口氣，用手背擦掉臉上的淚水。「不用了，人已經過世，留著那些身外之物，沒有意義。」

她臉上決絕的神情令蕭世耘感覺有些異樣，正想安慰她，羽田野突然伸手將他向後推開，並急切地喊了一聲：「危險！」

只見一把散發著黝然黑氣的長戟倏地自鼻梁前方劃過，差一點就刺中他的頭顱。

蕭世耘驚駭地轉頭一看，一隊神情陰冷的鬼兵無聲無息地在眾人左側森然羅列。

它們呈現黑色的嘴唇紋絲未動，卻發出一陣古怪奇異的話語聲，聽起來充滿怨毒。

不待他做出任何反應，羽田野已抓起他的手掌，大喊「快跑」，催促眾人往崖墓前廳的右側跑去。

不知跑了多久，頭燈映照出前方山壁上有一個門洞，他們無暇思考那是什麼空間，立刻奔竄而入。

眾人跑進這個狀似耳室的小空間之後，羽田野往前廳的方向探了一下，驚慌失措地說：「慘了！追來了！」

大家連忙用手電筒四處照看有沒有地方可以逃，結果發現耳室角落還有另一個狹窄的門洞，大約一個人寬，他們連忙擠進去。

裡面的空間比他們想像中的大，地上似乎擺滿不知什麼材質做成的甕缸，他們在逃竄的過程中踢倒了不少，隨著甕缸破裂的清脆聲響此起彼落，同時散發出一股腥臭的難聞氣味。

眼見那一隊鬼兵窮追不捨，他們完全沒心情去理會腳底下踩到的那幾團黏糊糊的東西是什麼，看到裡側石壁有小門，就拚命往裡面鑽。

最後，他們跑到一個極狹窄的房間，大約廁所那般大小，勉強能讓他們四人容身，而那隊鬼兵發出詭異的叫聲緊追在後，他們卻再也無處可跑。

「糟糕！是死路！」羽田野慌張地說。

「你不是靈能力者嗎？爲什麼不想辦法幹掉那些鬼兵啊？」跑得氣喘吁吁的呂明徹忍不住質疑。

「數量太多了啊！對方有十幾隻，我一次最多只能對付一隻，當然先跑再說。」羽田野無奈地回答道。

「那現在怎麼辦？我們現在就像被關在甕裡的鱉一樣，死定了啊！」

「我去引開它們，你們找機會快跑……」羽田野說道。

蕭世耘立即反對：「不行！哥！我們就算會死在這裡，也不能犧牲你……」

那些古怪奇詭的說話聲已經來到窄小的門洞外，羽田野掏出身上所有的符咒，準備拚死一搏時，岩壁上突然長出許多翠綠色的枝椏，瞬間將門洞徹底封住。

一道耀眼的白光乍然迸現，神代櫸玉命半透明的身影在光芒中逐漸清晰。

「是你！」在這個地方看到神代櫸玉命，衛綾月有種安心的感覺，不禁鬆了一口氣。

但放鬆沒多久，她又緊張起來，因為她發現神代櫸玉命的身影，似乎比之前見到的更加稀薄縹緲，彷彿隨時會化為輕煙消失似的。

「你沒事吧？」她忍不住問道。

對方慘淡一笑，沒有回答。『你們不應該貿然行動，此地比我預想中的還要危險得多。不過，我還是很高興你們能來到這裡。兩千多年來，邪惡的魔物吸取大量人類靈魂，不斷強化自身軀殼，一旦讓它蛻變完全，沒有人會是它的對手，這個世界將化爲地獄。一定要盡快阻止它，而我能力有限……』

神代櫸玉命說話的時候，除了衛綾月之外，其他三人都目瞪口呆地仰頭看著祂。

眼前這就是日本神祇和千年樹靈融合的靈體嗎？雖然早已聽衛綾月說過關於這位神祇的事，但親眼見到時，他們仍然感覺十分不可思議。

而且，雖說是神明大人，看起來卻一副虛弱得自身難保的樣子，似乎不怎麼可靠。

「先別說這些，你眞的不要緊嗎？有什麼我可以幫你的？」衛綾月不禁爲祂感到擔憂。

可能是因爲對方的分靈曾經依附在塔塔身上，從小陪伴著她，讓她感覺神代櫸玉命就像她的親人一樣。塔塔已經死了，她不希望連祂也消失。

『我的靈體長久受到尤瑪．衛綾的詛咒重創，靈力正不斷散失，也許支撐不了多久……』

「那你附在我身上！」衛綾月打斷祂的話，斬釘截鐵地說。

神代欅玉命搖搖頭，『如此對妳將有不好的影響。時間一久，妳也許會失去自己的意識，與我同化……』

「事到如今，顧不了這些。我們幾個現在還要靠你拯救，但你已經這麼虛弱，萬一撐不過去，大家就要死在這裡了。」衛綾月的態度十分堅決，毫不猶豫。

『妳考慮清楚了嗎？』

「沒什麼好考慮的。先保住你，大家才有一線生機。」衛綾月說道。

神代欅玉命輕嘆一口氣，化成一道光芒，進入衛綾月體內。

以衛綾月軀體作爲憑依的神代欅玉命左手輕揚，那些堵住門洞的枝椏樹葉應勢消失，轉瞬一把散發綠光的木劍憑空出現在她右手掌心。

門口失去屏障後，原本被阻隔在外的鬼兵隨即衝了進來，「衛綾月」上前應戰，一夫當關。

神代欅玉命如今剩餘的靈力，遠不及當年的十分之一，但神威依舊強悍，對付這些鬼兵魔族仍綽綽有餘。只見祂輕輕揮動手中木劍，凡劍光所及，鬼魅亡形。

沒多久，蜂擁上前的鬼兵就被徹底消滅。

沒想到看起來氣若游絲、奄奄一息的神祇進行附體之後，竟有這等威能。蕭世耘等人不禁看傻了。

『走吧！』衛綾月轉頭對他們說，卻是神代櫸玉命的聲音。

祂帶領眾人循著剛才逃竄的路線，回到崖塚前廳。

這座古墓的範圍非常大，除了大廳和耳室之外，還有許多大大小小的房間，甚至連廚房、廁所都有，完全體現秦漢時代「事死如生，事亡如存」的殯葬儀制。

「神明大人，你知道這些人骨是怎麼來的嗎？」羽田野指著前廳中央那堆白骨山問道。

「很久以前，每年由『衛陵者』在神饌台進行活人獻祭。尤瑪．衛綾接任祭司後，表面廢止活祭，實則驅使崖墓鬼兵在山上抓人。凡是消失於這座山上的人類，都是被抓到這裡，靈肉遭魔物吸取後，就剩下白骨了。」

聽了神代櫸玉命的回答，蕭世耘和呂明徹心中一沉，十分哀痛。看來他們的隊友，也在那堆骷髏裡面了。

如今他們只求能有機會將那三名隊友的遺骸帶回去。

穿過前廳，接著又是一條極長的甬道，連結後室。進入後室之前，甬道兩側各有一條較為窄小的石隧道，幽暗深邃，不知通往何方。

「邪氣好濃，讓人感覺眞不舒服。」羽田野右手緊捂著嘴，一副想吐的樣子，蒼白的額頭也冒出豆大的冷汗。

「這裡就是主墓所在。」神代櫸玉命說著，逕自踏進後室。

這個空間面積大小和前廳差不多，但頂部較低矮，高度不足三公尺，行走其間，有種窘迫壓抑感。

正中央石雕棺床上擺放一具異常巨大的棺槨。

眾人原以為是石棺，湊近細看才發現是木頭材質，呈現黃黑色澤，在燈光的映照下，只見紋若金絲、流光溢彩，有如玉石晶瑩，且隱隱散發一股木質香氣。

「哇，這木頭看起來好光滑，難道是傳說中的金絲楠木嗎？」呂明徹被眼前華彩奪目的外槨吸引住目光，一時連恐懼都忘了。

金絲楠木紋理緻密、質地堅實，且耐腐防蟲，做成棺木後千年不朽，據說中國許多皇帝的梓宮就是用金絲楠木打造。

而這種樹木生長速度極其緩慢，如今已越來越稀有，即使是從陳舊建築淘汰的老料，都價比黃金。

「這是『陰沉木』。生長在洪荒遠古時代的神木，遺體殮於其中，可保萬年不壞。」神代櫸玉命說道。

「萬年不壞？這麼說，放在裡面的漢大臣屍體，到現在還維持原本的樣子？」想到這一點，呂明徹瞬間頭皮發麻。

蕭世耘說：「根據《靈首之書》的記載，大臣在吃下『長生草』之後，變成不生不死、半人半妖的狀態，這應該是說他根本還沒死吧？所以才會用『陰沉木』做成棺材把自己關起來，等待復生的時刻。」

「不生不死、半人半妖，這到底是什麼鬼樣子，感覺好可怕……」呂明徹頓時感覺似有無數螞蟻爬過腦門，令他渾身戰慄。眼前崇光泛采的棺槨好像瞬間變得黯淡灰敗。

「神明大人，我們現在該怎麼做？」一旁深呼吸好幾次，勉強抑制住不適之感的羽田野，轉頭請示神代櫸玉命的意見。

「開棺。」

「開……開棺？一定要嗎？」呂明徹打從心底抗拒。他不過是一個普通大學生，爲什麼非得做這麼可怕的事不可啊？萬一開棺之後，裡面還沒死透的東西突然跳出來，那該怎麼辦？

「就這樣打開棺材可能會有危險。」羽田野也略有疑慮。「如果要阻止裡面的魔物禍世，是不是可以採用結界或封印的方式，想辦法讓它出不來就好了？」

神代櫸玉命搖搖頭。「即使將魔物封印在裡面，其他鬼兵仍會攝來祭品，供它吸取靈魂。吸納的靈魂達到一定數量，魔物復生後就會破棺而出，屆時沒有人可以鎮壓得住。我們唯一能做的，就是趕在魔物甦醒之前，徹底毀壞它的肉體，使它無法重生。」

「要怎麼做才能毀壞魔物的肉體？」蕭世耘問道。爲了阻止魔物禍世，他不害怕開棺，只擔心失敗。

「我有辦法。」

「好，那我們就開棺了！」蕭世耘自背包取出撬棍等各式工具，遞給呂明徹和羽田野，準備破壞外槨。

呂明徹手上握著搭帳篷用的不鏽鋼營釘錘，在下手之前稍稍猶豫了一下。要將上古神物「陰沉木」摧毀，他覺得有點可惜，不過這也是無可奈何的事。陰沉木槨密封得十分嚴實，木材本身又剛硬如鐵，但終究不敵現代的先進工具，三人分頭行動，沒多久就將外槨的蓋子撬開，露出裡面的棺木。

內層棺木同樣是以陰沉木打造，做工更為細緻，棺蓋雕琢許多繁複精巧的紋樣，然而此時誰也無心細看，一鼓作氣將內層棺材板也掀了。

棺蓋移開後，三人各自憋住氣息、不敢呼吸，不過並沒有想像中的惡臭噴出，只聞到陰沉木本身的幽幽香氣。

棺木內躺著一個身穿銀縷玉衣的男子，綰髻束髮、頭戴白玉冠，但玉冠底下的頭顱竟有普通人的兩、三倍大，有如車輪。臉部和其他裸露部分的皮膚覆滿長毛，兩隻長約三十公分的獠牙自嘴巴延伸而出，鋒利如刀。

「我的媽呀……這是人類嗎？」呂明徹第一眼就被這畸形的軀體嚇呆了，以至於無暇留意屍體身上那件古代貴族用以防腐、堪稱無價之寶的銀縷玉衣。

「長著白毛、獠牙，莫非是《山海經》記載的旱魃？」

蕭世耘忍不住糾正他：「《山海經》〈大荒北經〉只提到『黃帝乃下天女曰「魃」』，跟旱魃沒有關係。而且眞正的旱魃會帶來乾旱，本身不怕陽光，根本不用像這樣躲在崖墓裡。」

「應該是吃錯藥之後，才變成這副不人不鬼的樣子，難怪它想要重生。」這麼一想，羽田野竟有幾分同情共感。不過，爲了一己之私殘害生靈，終究是不可饒恕。

神代櫸玉命倚在木棺邊緣，雙手反握木劍，劍尖自玉片的隙縫抵住怪屍的心臟部位，猛然向下用力刺穿。

刺穿處發出「噗哧」一聲，怪屍長滿白毛的眼瞼倏地睜開，僵硬如鐵的右臂同時向上戳刺。

變故陡生，神代櫸玉命立即向後退開，卻仍不愼被峨眉刺一般長而堅硬的黑色指甲劃傷，衛綾月的左頰頓時腐化潰爛。

二十・終歸塵土

「……來不及了嗎？」神代櫸玉命捂著受傷嚴重的臉頰，眼神驚愕。

來自千年樹靈的指示，應無舛誤，然而桃木劍既精準刺穿魔物心臟，爲什麼……

莫非……鬼兵已以靈首村全部族人獻祭，導致魔物早一步復甦？

若是如此，那……

思緒紛亂間，怪屍霍然自棺中一躍而起，落在羽田野眾人面前。

羽田野驚駭之際，急忙敕咒打出手中雷符，熊熊燃燒的符紙一觸碰怪屍，登時火熄煙滅，化成幾縷灰霧。

怪屍抬起左臂戳向羽田野，後者連忙側身閃避，以念珠纏住對方的手臂後，開始誦唸咒語眞言。

但連一句都還沒唸完，那串念珠應聲迸裂，碎成齏粉。

羽田野登時傻眼。遇到這麼強悍、神道佛法都不怕的魔物該怎麼辦？他很想請教驅魔經驗豐富的父親大人，但大概是沒有機會了。他有一種強烈的預感，今日恐怕誰都別想逃出生天。

死在這種山體深處，會有人來幫他收屍嗎？不過，對上這種可怕至極的魔物，說不定他的下場是連屍骨都不剩，也不必收屍了⋯⋯

正胡思亂想時，怪屍下一波攻擊又起，剛才刺傷衛綾月的鐵臂利爪猛烈向羽田野襲來。

蕭呂二人親眼見識過那黑色魔掌的厲害，一旦被利爪劃傷，即便是神明附體的衛綾月都慘遭重創，連忙焦急地提醒羽田野小心。

後者勉強彎身避過，顯得左支右絀，狼狽異常。

怪屍雖然肢體僵硬，但攻擊的速度超乎常人，一擊未中，下波攻勢又起，迅若風馳電掣。

羽田野被逼得節節敗退，逐漸退到棺槨旁邊，被棺槨擋住後路。為了閃避迎面而來的戳刺，他向後仰躺在外槨上緣，右手順勢挪動靠在棺側的槨蓋抵擋。

怪屍鐵爪猛然貫穿厚實的槨蓋，鏗鏘哐啷之聲似金石相叩，緊接著向下一抓，堅硬無比的陰沉木當即裂成碎片，儼如摧枯拉朽。

羽田野驚駭至極地瞪著瞬間被抓爛的上古神木，心想他的身體可沒這木頭來得硬，萬一被戳中就不得了了，一定要想辦法脫身才行，無奈此刻怪屍橫擋在前，他已逃生無門。

危急間，蕭世耘掄起手中的起釘錘使勁砸向怪屍，正中胸膛，卻只砸破銀縷玉衣，屍身絲毫無損。一些玉片隨著白毛紛紛脫落，露出其下鮮紅欲滴的血肉。

那是剛長出來的肌肉嗎？看起來很脆弱的樣子，而且沒有表皮層保護。如果攻擊那裡，會不會有效果？羽田野腦海閃過這個念頭，當即取出身上剩餘的符咒，朝怪屍胸前裸露的部位使勁拍去。

厚厚一疊的符咒黏在血淋淋鮮肉上，被血液濡濕後，漸漸變成一團黑褐色的爛紙。怪屍完全無視羽田野的攻擊，右手臂勢頭凌厲地朝他的胸腹直戳下來。

由於桃木劍仍扎在怪屍左胸，手上另化出一把木劍的神代櫸玉命及時趕到，將卡在怪屍和棺槨中間的羽田野拉出來，護在自己身後。

攻擊落空的魔物目標立刻轉爲神代櫸玉命，後者舉劍格擋，卻被一股渾厚的怪力震退數步。

眼見手上的木劍迸出裂痕，虎口瞬間鮮血淋漓，神代櫸玉命心知自己不是魔物對手，轉頭對眾人大喊：「快跑！離開這裡！我來擋住它！」

蕭世耘連連搖頭，「不行！你現在借用阿月的身體，萬一你死了，阿月不也死定了！」

一語提醒了對方。

神代櫸玉命願意和魔物同歸於盡，但祂不能連累衛綾月，於是轉身撤退。

「你們跟我來。」

衝出後室，祂示意其他人轉進左側的甬道，自己殿後。

這條甬道入口甚是狹隘，僅容一人通行，但越後方走道越寬敞，以接近四十五度角的坡度螺旋陡上。

神代櫸玉命一邊跑，一邊在地面設下荊棘藤蔓之類的障礙，攔阻背後緊追不捨的魔物腳步。

這條陡峭無比的甬道到底有多長？他們要跑到什麼地方？能逃得出去嗎？羽田野心中充滿疑問，但疲於奔命的此刻，已沒有力氣多問。

「重生之後變成這種殭屍一樣的東西，真的有比較好嗎？這根本不是重生，是他媽的屍變吧！」感覺自己跑到快要斷氣的呂明徹忍不住罵道。

「復生儀式尚未完成，這只是暫時型態！」神代櫸玉命倉促間運化元功、勁提於掌，勉強將連連突破棘叢的魔物擊退，自己的肩膀卻也中傷潰爛。

眾人沿著山壁的弧度轉了幾個大圈之後，來到一個非常寬廣且平坦的黑暗空間。跑在最前方的呂明徹分不清楚東西南北，只能靠著頭燈的光線拚命往前跑。然而跑不到一分鐘，竟意外發現眼前沒路了。

一面巨大的黑色岩壁擋在眾人面前。

「完了完了！這下死定了！」呂明徹頓腳長嘆。

蕭世耘摸索著岩壁，發現壁面有許多筆直如線的細小縫隙，似乎是由一塊塊的方形大岩石堆疊而成，幡然頓悟這裡是什麼地方。

「這裡是櫺星門峰那片石壁後面！」

「原來是那裡！不過知道了也沒用，我們逃不掉了……」呂明徹絕望地坐倒在地，不想再做垂死的掙扎。「等我們死了以後，會跟阿傑、小周他們碰面嗎？還是連靈魂都被吃掉，再也不能投胎了？」

蕭世耘沒有搭腔，持續摸索石壁，冀望可以發現缺口。

「要找找看附近有沒有其他通道嗎？」羽田野問道。

「可能來不及了……」蕭世耘不抱希望地說。現在往回跑的話，八成會跟緊追在後的怪屍撞在一起。

一身血污的神代欅玉命呼吸沉重、腳步蹣跚地走過來。祂在隧道的終點設下屏障，估計可以稍稍抵擋狂暴的魔物一小段時間。

祂走到岩壁前，伸手按住其中一塊大條石，倏地自祂掌心竄出許多荊棘藤蔓，像蛇一般緩緩鑽入條石內部。

「神明大人，您想做什麼？」羽田野驚異不已地看著祂。

神代欅玉命沒有回答，反手攥住那把藤蔓，向後一拉，重達數噸的板岩石條竟被祂硬生生抽了出來，牆上豁然洞開一公尺見方的缺口，凜冽強風呼嘯而入，颳面生疼。

呂明徹瞪大了眼睛，不敢相信自己看到的這一幕。

拽出石條後，神代欅玉命靈體自衛綾月抽離，幾近透明的形影飄忽不定地浮在半空中。

『你們快走……』

「那你呢？」蕭世耘緊張地問道。

『我將以剩餘靈力在這座天門設下結界……絕不能讓蛻變後的魔物從天門出去，一旦重生儀式徹底完成，就沒有人能與之抗衡了……』

見神代櫸玉命決心犧牲自己，羽田野等人心中十分不忍，可是眼下他們也沒有更好的方法。

蕭世耘雖然想勸阻，可是一旦讓這個怪屍衝了出去，鐵定會造成更多傷亡，屆時死的不只是他們幾個。無能爲力的他，實在沒有資格反對對方的決定。

「不行！你不能這樣做！」衛綾月態度堅決地說。

『沒有其他選擇了……你們快離開……』

「你已經這麼虛弱，靈體隨時都會消散，就算犧牲自己在天門設下結界，可以支撐多久時間？」

『這……我無法保證……』

「我留下陪你！」

聽到衛綾月這麼說，眾人都嚇了一大跳。

「阿月！這樣會死的……」蕭世耘想勸她打消主意。

「要是擋不住那個魔物，大家都會死。」衛綾月的臉頰因遭魔物抓傷而潰爛，肢體也在神代欅玉命攔阻對手時多次受創，一身血污，但眼中透露的意志依舊堅韌。

她上前緊握住神代欅玉命幾近虛無的手，「以我作爲憑依物，你就可以支撐更久的時間，所以我留在這裡陪你。」

對方神情慘淡地搖頭，『守護人類……是神祇天職，即使像我這般潦倒落魄的神……也不能忘記自己的責任。但是妳……沒有犧牲的理由……』

「如果不是我奶奶對你施加詛咒，你不會變成這個樣子，就當我替衛綾尤瑪贖罪。」衛綾月心意已決，轉向蕭世耘等人說道：「你們快從這個小洞離開，不要再浪費時間了！」

「阿月……」

蕭世耘和呂明徹還想說些什麼，她厲聲怒斥道：「現在天門洞開，萬一讓魔物逃脫，你們就是千古罪人！不要婆婆媽媽、拖拖拉拉，快滾！」

聽她這麼說，羽田野三人這才醒悟事情的嚴重性。要是他們繼續遲疑，勢將延誤神代欅玉命設置結界，後果不堪設想。

「我知道了，我們這就出去！阿月小姐、神明大人，你們千萬要撐住，我會帶人回來救你們的！我向神明起誓，一定！」羽田野說著，雙眼含淚將癱坐在地的呂明徹拖起來，用力塞進那個一公尺見方的石洞，緊接著把仍在猶豫的蕭世耘也推了出去。

「我一定會帶人回來救你們，千萬要等我！」離開之前，羽田野回頭再三鄭重叮嚀，神態極度認眞。

對於他的信誓旦旦，衛綾月只露出一抹淒然微笑。

◆

三人鑽出石洞之後，剛才神代欅玉命移開的那方條石又緩緩塞回原位，岩壁復歸完整。

此時四周一片黑暗，星月無光。

羽田野看了下手錶，凌晨三點多。

「阿月……」蕭世耘哭喪著臉望向石壁。

「別哭了！我們快點下山求援！在這裡哭幫不了他們。」羽田野拍拍他的肩膀。

暗夜冒著風雨在山上行走是非常危險的事，但現在顧不了這麼多，羽田野連連催促蕭呂二人動身，一心想盡快趕到有訊號的地方向朋友求援，他相信他的朋友一定可以救出衛綾月和神代櫸玉命！

三人自崩石坡倉皇下切時，好幾次差點隨著碎石滾下山澗，險象環生；穿過圓柏灌叢時，屢屢被虯曲如鐵的枝幹卡住，不得動彈。

好不容易來到樹林，天色已亮，三人皆又餓又累又渴，暫時靠在一棵大樹下休息片刻。

由於他們的背包都丟在崖墓中，如今手邊一點食物都沒有，正一籌莫展時，忽然看到附近草地有一大片腎蕨。

腎蕨的球狀塊莖飽含水分，除去表面的絨毛後便可食用，能充饑解渴，且滋味甘甜鮮美。

他們立刻起身採集腎蕨，除了當場吃掉之外，還帶了大量在身上，倚靠這俗稱「鳳凰蛋」的塊莖補充養分，勉強撐著疲憊不堪的身軀回到靈首村。

時間已是黃昏，貫穿村落中心的石板路上空無一人，殷紅似血的殘陽餘暉灑落其間，呈現一派日暮途窮的淒涼。

他們朝指揮所直奔而去，想透過駐留在此的民間救援隊向外界求援。逐漸被夜幕籠罩的公廨猶自燈火通明，裡面卻空無一人。

呂明徹看著人去樓空的指揮所，不禁愣住了。「不會吧？阿傑他們的親人都下山了嗎？私人僱用的救難隊也撤退了？」

「不像撤退的樣子，他們的裝備都還在。」蕭世耘指著地上那些登山背包和睡墊、睡袋。睡袋有些是捲起來的，有些是攤開鋪平的，看似不久前才在使用。「如果要撤退，這些登山必備的東西不可能丟在這裡沒帶走。可能突然發生什麼狀況，暫時離開了？」

「我們問問附近的住戶吧。」羽田野說著，率先走到距離最近的民宅。那戶人家客廳日光燈亮著，桌上擺放吃到一半的飯菜，屋裡卻一個人也沒有。

三人大感詫異，連忙又去查看其他房子，發現都是類似的情形。

「人都上哪去了？」蕭世耘眉頭深皺，隱隱有種不好的預感。

「對了！會不會都在神社那裡？可能要替老祭司舉辦法事之類的。」呂明徹猜測道。

雖然覺得這種可能性不大，他們三人還是決定爬上小山頂看看。經過衛綾月的小屋時，蕭世耘想起對方如今的處境，忍不住停下腳步，潸然淚下。

羽田野明白他的心情，拍拍他的肩膀，安慰道：「不要難過，等我們可以跟外界聯繫上的時候，我就拜託我朋友來救阿月小姐，一定把他們救出來！」

蕭世耘點點頭，繼續往上走。

夜霧瀰漫的神社一片寂然，仍維持昨日他們開挖地道後的樣子，沒有其他人來過的跡象。

衛綾尤瑪的屍身依舊伶仃地躺在黑漆漆的小屋裡，除此之外，整個村落的人都消失了。

三人匆忙返回指揮所，想借用救難隊的衛星電話向外界通報此地的情況，卻絕望地發現通訊設備全數故障。迫不得已，只好連夜趕往下部落求援。

相關救難單位在接收到多人受困、失蹤的通報後，立即派出地面搜救隊前往馳援。無奈當天山區開始下起雷霆暴雨，遠遠超過致災標準的降雨量使救援隊無法上山，只能暫時駐紮在下部落，靜候雨勢轉小。

這場百年罕見的豪大雨持續下了好幾天，不管蕭世耘等人如何心急如焚，依舊以毀滅之姿橫掃整片山區。

好不容易等到霧散雲收，終於可以執行搜救作業時，由空勤直升機傳送回來的空拍影像震驚社會大眾——

連日的強降雨造成高山地區多處大規模走山，神社所在的小山丘整座崩移坍塌，數千萬公噸的土石傾洩而下，覆滅整個靈首村及附近山地，掩蓋面積廣達百餘公頃。

空照圖中的靈首村徹底消失在崩土亂石之下，連村口那兩座五公尺高的板岩石柱都看不見。

由於土石掩埋深度估計超過二十公尺，無法以人力進行挖掘搶救。特搜隊在當地使用生命探測儀，確認礫石底下沒有任何生命跡象後，便停止搜救行動。

靈首村民和那些民間搜救隊員的失蹤事件，最終以山崩滅村結案。

◈

兩週後，蕭世耘、羽田野和他的兩名朋友越過重重地形險阻，來到櫨星門峰下。

由山上滑落的大量土石掩埋了圓柏灌叢，形成不見邊際的大崩壞地。

原本遍佈礫岩的碎石坡消失了，接近九十度角、有如刀切斧斬般的嚴峻峭壁，自峰頂直落數千公尺，逕插谷底。

靈首神社底下的地道既已坍毀，眼見通往天門的路徑亦斷絕，蕭世耘不禁茫然跪地。

從雙峰之間的埡口吹來的風，拂過瘡痍破碎的崩面，蕭瑟作響，彷彿大地的哭聲。

尾聲

歷經那些可怕的事件之後，蕭世耘再也不想登山了，甚至對山感到恐懼。

不過，每年八月，他都會大老遠地跑到地貌嚴重改變的靈首村遺址，用特地揹上來的高山爐和食材做幾道菜，朝著欙星門峰的方向祝禱遙拜，祭奠受困在巨大山體中的死者。

呂明徹年年堅持要一起來，但也年年不斷發牢騷，抱怨天氣太熱、路太難走、裝備太重之類的。

「祭品這種東西，買現成的拜一拜就很好了，幹嘛一定要自己煮？自從山崩之後，往靈首村這裡的路難走到爆，還要扛這麼重的食材和行動冰箱、高山爐，我看你眞的是吃飽太閒。」看到蕭世耘頂著大太陽在長滿芒草的荒地上又煎又炒，一旁搧風納涼的呂明徹忍不住嘴碎了幾句。

「阿月說過，她覺得我煮飯很好吃。」蕭世耘揮汗如雨地炒好一盤火腿毛豆炒蛋，將之放置在充當祭桌的岩石上。「這是阿月最喜歡的一道菜。」

呂明徹恍然大悟。他知道蕭世耘一直忘不了衛綾月，但他從來不知道的是，原來蕭世耘這麼多年的無謂堅持，是因爲對方曾經說過這句話。

他深受感動，微微紅了眼眶，嘴上卻罵道：「傻瓜！這樣做有什麼用？她怎麼可能吃得到嘛……」

蕭世耘露出淒楚的笑容，凝望著雲霧繚繞、矗姿縹緲的櫺星門峰。「你覺得阿月還活著嗎？」

呂明徹回答不出來。她和神代櫸玉命一起鎮守陵山天門多年，就算還沒死，恐怕也是以某種「特殊型態」存在吧！

蕭世耘拭掉模糊了視線的淚水，繼續準備下一道料理。

他不知道阿月是否還活著，不過他願意年年回到這裡爲她做菜。

也許有一天，她會突然出現在他眼前，就像當年在靈首村外初遇一樣。

後記

兩年前，曾蒙奇幻基地的張主編與我聯繫，垂詢出版意願及寫作計畫。然而當時我手邊除了早已簽約的《山村奇譚》三部曲之外，沒有其他文稿，所以無緣與奇幻基地合作，深爲遺憾。去年幸承張主編兩度邀稿，才得以完成這個故事。

《靈首村》一書的寫作靈感，緣自好友的登山靈異經歷，以及我踏訪台灣史前遺跡時的所見所聞。

當我遙望那些考古遺址，腦海不禁浮想，眼前這片史前人類的長眠之地，埋葬著什麼前塵過往？而未有文字記載的年代，在台灣史前漫長悠遠的空白扉頁上，先民的身影又曾交織怎樣的故事？

本書便是基於這些經驗與想像創作而成的靈異奇幻小說，內容雖純屬虛構，文中提及的某些事物卻是眞實存在，例如「月形石柱」、「木刻畫曆」、

《協紀辨方書》等等。「陰沉木」一物，則多見於清代袁枚的筆記小說《子不語》及《續子不語》，至於是否確有其物，那就不得而知了。

最後，要特別感謝張主編時時關注我的寫作進度，並多方惠賜建言，令我受益匪淺，實在感激不盡，也謝謝奇幻基地讓我有出版此書的機會。

更要感謝願意垂閱本書的讀者，希望你們會喜歡這個故事；若有任何心得或建議，歡迎蒞臨我的ＦＢ專頁斧正賜教，謝謝大家。

千年雨

ＦＢ：千年雨──山村奇譚

https://www.facebook.com/Lycoris2022

境外之城 158

靈首村

作　　者／千年雨
企畫選書人／張世國
責任編輯／張世國
發　行　人／何飛鵬
總　編　輯／王雪莉
業務協理／范光杰
行銷主任／陳姿億
資深版權專員／許儀盈
版權行政暨數位業務專員／陳玉鈴
法律顧問／元禾法律事務所　王子文律師
出版／奇幻基地出版
城邦文化事業股份有限公司
台北市 104 民生東路二段 141 號 8 樓
電話：(02)25007008　傳眞：(02)25027676
網址：www.ffoundation.com.tw
e-mail：ffoundation@cite.com.tw
發行／英屬蓋曼群島商家庭傳媒股份有限公司城邦分公司
台北市 104 民生東路二段 141 號11 樓
書虫客服服務專線：(02)25007718・(02)25007719
24 小時傳眞服務：(02)25170999・(02)25001991
服務時間：週一至週五09:30-12:00・13:30-17:00
郵撥帳號：19863813　戶名：書虫股份有限公司
讀者服務信箱 E-mail：service@readingclub.com.tw
歡迎光臨城邦讀書花園 網址：www.cite.com.tw
香港發行所／城邦（香港）出版集團有限公司
香港九龍九龍城土瓜灣道86號順聯工業大廈6樓A室
電話：(852) 2508-6231 傳眞：(852) 2578-9337
馬新發行所／城邦（馬新）出版集團
【Cite (M) Sdn Bhd】
41, Jalan Radin Anum, Bandar Baru Sri Petaling,
57000 Kuala Lumpur, Malaysia.
電話：(603) 90563833　傳眞：(603) 90576622
E-mail：services@cite.my

封面版型設計／邱宇陞工作室
排　　版／芯澤有限公司
印　　刷／高典印刷有限公司
■2024 年 1月4日初版一刷

售價／350元

國家圖書館出版品預行編目資料

靈首村／千年雨著　—初版—台北市：奇幻基地出版；
家庭傳媒城邦分公司發行；2024.1
面：公分. –（境外之城：.158）
ISBN 978-626-7210-86-4（平裝）

863.57　112019521

ISBN 978-626-7210-86-4
Printed in Taiwan.

※ 本故事內容純屬虛構，如有雷同，純屬巧合。

廣　告　回　函
北區郵政管理登記證
台北廣字第000791號
郵資已付，免貼郵票

104 台北市民生東路二段141號11樓
英屬蓋曼群島商家庭傳媒股份有限公司城邦分公司 收

請沿虛線對摺，謝謝

奇幻基地

每個人都有一本奇幻文學的啓蒙書

奇幻基地粉絲團：http://www.facebook.com/ffoundation

書號：1H0158　書名：靈首村

請於此處用膠水黏貼

奇幻基地

讀者回函卡

謝謝您購買我們出版的書籍！請費心填寫此回函卡，我們將不定期寄上城邦集團最新的出版訊息。

姓名：________________ 性別：□男 □女

生日：西元________年________月________日

地址：________________

聯絡電話：________________傳真：________________

E-mail：________________

學歷：□1.小學 □2.國中 □3.高中 □4.大專 □5.研究所以上

職業：□1.學生 □2.軍公教 □3.服務 □4.金融 □5.製造 □6.資訊

□7.傳播 □8.自由業 □9.農漁牧 □10.家管 □11.退休

□12.其他________________

您從何種方式得知本書消息？

□1.書店 □2.網路 □3.報紙 □4.雜誌 □5.廣播 □6.電視

□7.親友推薦 □8.其他________________

您通常以何種方式購書？

□1.書店 □2.網路 □3.傳真訂購 □4.郵局劃撥 □5.其他

您購買本書的原因是（單選）

□1.封面吸引人 □2.內容豐富 □3.價格合理

您喜歡以下哪一種類型的書籍？（可複選）

□1.科幻 □2.魔法奇幻 □3.恐怖 □4.偵探推理

□5.實用類型工具書籍

您是否為奇幻基地網站會員？

□1.是□2.否（若您非奇幻基地會員，歡迎您上網免費加入，可享有奇幻基地網站線上購書75折，以及不定時優惠活動：http://www.ffoundation.com.tw/）

對我們的建議：________________

____

____

請於此處用膠水黏貼